Roberta Gregorio

Sommertage auf Capri

Das Buch

Velia hat es satt. Die Fernbeziehung, die sie ständig zwischen Neapel und Deutschland hin und her pendeln lässt und aus der langsam aber sicher die Luft raus ist. Die endlose Reihe nerviger Jobs, die sie nie halten kann, weil sie so oft im Ausland ist. Und die Tatsache, dass sie sich deswegen keine Wohnung leisten kann und wieder bei ihren Eltern wohnt. Und das mit Ende zwanzig.

Da kommt der Anruf ihrer Tante auf Capri gerade recht. Sie braucht Hilfe während der Urlaubssaison und so stellt Velia ihre lauwarme Beziehung aufs Abstellgleis und setzt über auf die italienische Trauminsel. Dort trifft sie auf den charmanten, wenn auch etwas schüchternen Schuster Ennio, der die auf der Insel traditionellen Sandalen anfertigt und verkauft. Schon bald lässt sich die Anziehung zwischen den beiden nicht mehr leugnen und zwischen Strand, Vino und Gelato verbringen die beiden einen hinreißenden Sommer. Bis auf einmal Velias Ex vor der Tür steht und sie zurück will …

Die Autorin

Roberta Gregorio wurde 1976 im schönen Fürstenfeldbruck in Bayern geboren und ist dort direkt an der Amper aufgewachsen. Auch heute lebt sie mit ihrer Familie am Wasser, nur nicht mehr am Fluss, sondern am Meer, genauer in Süditalien. Gleich geblieben ist ihre große Leidenschaft für Worte, Texte und Manuskripte. Wenn sie nicht schreibt oder liest, übersetzt sie auch gerne. Braucht sie trotzdem mal eine kurze Pause, dann geht sie an den Strand und lässt die Seele baumeln, denn die Sache mit dem Dolcefarniente, die kann sie besonders gut.

Roberta Gregorio

Sommertage auf Capri

Roman

FOREVER

Forever by Ullstein
forever.ullstein.de

Originalausgabe bei Forever
Forever ist ein Verlag der Ullstein Buchverlage GmbH, Berlin Juli 2019 (1)

Umschlaggestaltung:
zero-media.net, München
Titelabbildung: © FinePic®
Innengestaltung: deblik Berlin
Gesetzt aus der Quadraat Pro powered by pepyrus.com
Druck- und Bindearbeiten: CPI books GmbH, Leck

ISBN 978-3-95818-458-9

»Diese Sandalen ... sie sind wundervoll ...«
»Grazie. Wollen Sie sie anprobieren?«
Sie zögert. Berührt das feine Leder.
»Führen Sie denn meine Größe?«

Kapitel 1

Auf dem Rückflug nach Hause bestand Velia immer auf den Fensterplatz. Und wenn sie ihn nicht schon vorab buchen konnte, dann bat sie ganz ungeniert im Flugzeug ihre Sitznachbarn um einen Platztausch. Da konnte sie sehr erfinderisch werden. Denn sie musste einfach am Fenster sitzen. Aus unzähligen Gründen, die zusammengefasst einen ergaben: Der jedes Mal aufs Neue gewagte Anflug auf Neapel! Spektakulär, einzigartig und vielleicht sogar ein bisschen gefährlich.

Sie konnte sich nicht dran stattsehen. Wenn der Flieger sich mit einer aufregend tiefen Kurve über die Stadt senkte, geriet sie immer und immer wieder ins Schwärmen. Dann entdeckte sie den Golf mit dem Vesuv im Hintergrund, die tausend Farben, Schattierungen von Blau, Blauer, Türkis. Hell, wie Marechiaro, der famose Stadtteil. Oder schwarz. Wie mare nero, nach Lucio Battistis unvergessenem Lied. Je nach Wetter und Stimmung. Das Meer war launisch. Wie eine Diva. Oder sanft wie ein Flüstern. Das kam ganz drauf an. Auf den Mond, die Sonne, den Wind, den Vesuv. Ja, auch auf ihn.

Keine andere Stadt hieß ihre Gäste vielfältiger willkommen. Mit dem unendlich großen Hafen, den modernen Hochhäusern, den antiken palazzi. Pulsierendes Leben, wohin das Auge reichte. Bunt, einheitlich, gemischt, entschlossen.

Das alles hatte sie vermisst. Obwohl sie gar nicht lange weg gewesen war.

Sie seufzte. Wohlig und wissend zugleich.

»Schön, nicht?«, sagte ihre Sitznachbarin, die ebenso gebannt schief über Velias Schulter aus dem Fenster blickte.

»Ja …«

»Ich fahre zweimal jährlich hierher. Ischia. Die Thermen sind mein Lebenselixier. Haben Sie auch Urlaub?«

Velia schüttelte den Kopf. »Nein. Ich lebe hier.«

»Oh, Sie Glückliche!«

Velia mochte ihre Sitznachbarin plötzlich sehr. All diejenigen, die in und an Neapel mitsamt den Inseln ebenso viel Schönheit entdecken konnten wie sie, hatten von vornherein gleich tausend Punkte gewonnen. Sie verzieh der nicht mehr ganz jungen Dame neben sich augenblicklich das Schnarchen von zuvor und das aufdringliche Parfum. Sogar die fast meterhoch toupierten Haare. Sie war jetzt eine Schwester. Eine amo-Napoli-Schwester.

Das Flugzeug landete holpernd auf der Bahn, sodass eine weitere Konversation nicht möglich war. Velia fand, dass es die nun gar nicht mehr brauchte. Sie hatten sich alles gesagt, was es zu sagen gab.

Der Pilot bedankte sich über Lautsprecher bei den Fluggästen und Velia dankte stumm ihm, weil ihrer Meinung nach alle Piloten, die einen derartig tiefen Anflug nicht nur sicher, sondern auch elegant schafften, Helden waren. Da hatte sie schon ganz anderes erlebt.

Als sie aus dem Flieger stieg, empfing sie die gewohnte Wärme und der Geruch nach all dem, was sie so sehr liebte. Es fühlte sich an wie eine Mischung aus Sonne, Meer und Himmel und Velia hätte schwören können, dass sie all diese Dinge nur hier in Neapel so definiert riechen konnte.

Velia ließ sich gemeinsam mit den anderen Reisenden mit dem Bus zum Hauptgebäude transportieren und folgte routiniert den Wegweisern zur Gepäckausgabe. Sie hatte aber wie immer nur Handgepäck dabei, sodass sie bereits ein paar Minuten später vor dem Haupteingang des Flughafens stand, wo lautes Hupen, Rufen und noch lauteres Trillern eines Verkehrspolizisten sie empfing. Neapels Pulsschlag war zu spüren. Irgendwo unter Velias Fußsohlen. Und sie wusste, dass ihr

Herz, nach ein paar Minuten Akklimatisierung, diesem Rhythmus folgen würde.

Sie blickte auf ihr Handy, das sie bereits wieder eingeschaltet hatte. Ihre Freundin, Piera, hatte versprochen sie abzuholen. Aber Piera war vergesslich …

Velia ging ihre Nachrichten durch. Von Piera war nichts dabei.

»Hey, Fremde!«, hörte sie aber dann und erkannte eindeutig die Stimme ihrer Freundin. Sie war unbemerkt herangefahren – oder vielmehr war ihr verrosteter FIAT Panda im ununterbrochen zäh fließenden Strom von Autos wohl untergegangen – und hielt ihr nun die Autotür auf.

Velia stieg wortlos ein, nachdem sie den Beifahrersitz von allerhand Müll befreit hatte, und schlug die Beifahrertür zu.

»Wie war der Flug?«, erkundigte sich Piera.

»Gut.« Velia begann zu entspannen. Lehnte sich etwas zurück. Spürte dabei deutlich eine Sprungfeder im Kreuz, was die Entspannung gleich wieder in die entgegengesetzte Richtung jagte.

»Sehr gesprächig. Wie immer.«

»Tut mir leid.« Sie brauchte einfach ein paar Minuten, um richtig anzukommen. Und dafür, sich nicht übermannt zu fühlen, weil sie gerade vor Stunden noch in einer ganz anderen Welt gewesen war. Sie konnte gar nicht mehr zählen, wie viele Kulturschocks sie bisher verarbeitet hatte. In beide Richtungen.

»Schon gut. Wie geht es Niklas?«

Niklas, das war ihr Freund. Niklas, das war der Grund, warum sie immerzu in einem Flieger saß. Niklas, das war der Mann, in den sie sich vor Jahren verliebt hatte. Niklas, das war derjenige, der sie andersherum fast nie in Neapel besuchte, weil er nicht vom Hof wegkonnte – so der offizielle Grund. Der eigentliche Grund war das neapolitanische Chaos, das er nicht mochte. Nein, er hasste es, um ehrlich zu sein. Dafür liebte er aber sein Vieh. Und vor allem liebte er die Ruhe auf seinem Hof in Bayern.

Zwei Welten, die sich – baboom – anzogen, kollidierten und gegeneinander krachten, nur um sich dann abzustoßen. In einem nie enden wollenden Zyklus.

»Es geht ihm gut. Wir haben ein Kalb zur Welt gebracht«, antwortete sie auf die Frage ihrer Freundin.

»Romantisch.«

»Ja. Irgendwie schon.«

»Wer braucht schon Kerzenschein und Champagner, wenn er ein Kalb zur Welt bringen kann?«

Velia zog die Schultern hoch. Sie brauchte wirklich nicht viel Schnickschnack. »Das Kalb heißt Velia.«

Piera lachte laut. »Du meine Güte ...«

Jetzt lachte auch Velia. Und dann tauchten sie ein in Neapels verrücktes Verkehrschaos. Das war der Moment, in dem sie wirklich daheim ankam. Und Niklas mitsamt dem Kalb rückte auf einmal ganz weit weg. Weiter als jeder unerreichbare Traum.

Piera schmiss sie praktisch aus dem fahrenden Auto, als sie am palazzo angekommen waren, in dem Velia noch mit ihren Eltern lebte.

»Ruf mich an!«, rief Piera ihr zu. Dann war sie auch schon weg. Auf dem Weg zur Arbeit im Fitnessstudio. Ihre Freundin war Zumba-Lehrerin. Und sie ging voll in ihrem Beruf auf.

Velia hatte es da schon schwerer. Im Moment jobbte sie eher. Mindestens einmal im Monat flog sie für mehrere Tage zu Niklas. Das tolerierte auf Dauer kein Arbeitgeber. Aber sie brauchte das Geld für die Flüge. Und ...es war einfach anstrengend.

Alles.

Sie öffnete die Haustür, fuhr mit dem Fahrstuhl in den vierten Stock, ging durch den Flur, hörte aus den Wohnungen Stimmen, das Klappern von Geschirr, Musik. Es war alles vorhanden. Bunt gemischt. Und welch ein Kontrast zur Ruhe, die bei Niklas immer herrschte. Man hörte höchstens die Kühe dort, oder das Pfeifen des Windes. Das war aber auch schon alles.

Sie steckte den Schlüssel in die Wohnungstür, als diese aber auch schon aufgerissen wurde. Von ihrer Mutter.

»Da bist du ja!«, freute sie sich und nahm sie kurz in den Arm. Sie roch nach Chlorbleiche, war ein richtiger Fan von dem Zeug und verwendete das Mittel zu jedem Zweck. Und das nicht zu knapp. »Hattest du einen guten Flug?«

»Ja, danke.«

»Und Nicola geht es gut?«

Niklas, korrigierte sie ganz automatisch, inzwischen aber stumm. Sie hatte es aufgegeben, ihre Mutter darauf hinzuweisen, wie ihr Freund richtig hieß. Und sie hatte es aufgegeben, sich gegen die immer gleichen Fragen zu wehren.

»Es geht ihm sehr gut, danke. Er sendet dir und papà viele Grüße!«

Das stimmte nicht. Er sendete nie Grüße. Aber das konnte sie ihrer Mutter so kaum sagen, oder? Sie würde es nicht verstehen, dass er einfach nicht daran dachte. Oder keinen Sinn darin sah. So genau hatte Velia das noch nicht raus. Eines aber war klar: Niklas war neapolitanische Familiendynamik suspekt. Und das zu ändern war Velias Plan. Es haperte nur noch ein bisschen an der Umsetzung. Ein bisschen sehr.

»Wann kommt er denn mal wieder nach Napoli?«

Auch diese Frage wiederholte ihre Mutter bis zum Abwinken oft. Nur gab es dazu keine Antwort. Niklas hatte nicht vor zu kommen. Und ehrlich gesagt, fragte sich Velia oft, wie es nur möglich war, dass er damals, vor drei Jahren, die Einladung seines besten Freunds akzeptiert hatte, ihn nach Italien zu begleiten, um irgendein Fußballspiel live im San Paolo Stadium anzusehen. In diesem Zusammenhang hatte sie ihn kennengelernt. Ein Blick auf den blonden, großen Schönling hatte ihr gereicht, um sich unsterblich in ihn zu verlieben. Zu der Zeit arbeitete sie an der Rezeption des Hotels, das er und sein Freund gebucht hatten. Eines hatte zum anderen geführt und seit dem Moment waren sie und Niklas ein Paar, wenn auch auf Distanz.

»Er kommt bestimmt ganz bald«, sagte sie deshalb in der Hoffnung, ihre Mutter möge es dabei belassen.

»Na schön ... Kann ich dir noch irgendwie helfen? Ich muss nämlich gleich los.«

»Arbeit?«

Velias Mutter hatte immer zu tun. Mal putzte sie irgendwo, oder kaufte für jemanden ein, oder bügelte, oder passte auf Kinder auf. Nicht selten auch das meiste davon auf einmal.

»Ja. Ach, apropos Arbeit ...«, ihre Mutter ging zum Telefontisch rüber und suchte die Notizen durch, »hast du in der Pizzeria die Nummer vom Festnetz angegeben?«

»Ja.« Das machte Velia manchmal. Wenn sie nicht unbedingt immer und überall erreichbar sein wollte. »Wieso?«

»Ein gewisser ... Leonardo hat hier angerufen und ausgerichtet, dass sie dich am ... also morgen, nicht brauchen.«

»Was? Wieso denn nicht?«

»Das hat er nicht gesagt ...«

»Ach, Mist! Ich brauche das Geld.«

Ihre Mutter warf ihr einen mitleidigen Blick zu, nahm ihre Schürze ab und gab ihr einen Kuss auf die Wange. »Ruf doch mal an. Vielleicht habe ich ganz einfach nur was falsch verstanden. Wäre ja nicht das erste Mal.« Und schon war sie weg.

Velia legte ab, ging auf ihr Zimmer, warf sich aufs Bett und vermisste Niklas, spürte fast körperliche Schmerzen, wenn sie an ihn und die Geborgenheit dachte, die sie bei ihm hatte.

Sie rief ihn an.

»Hi, Schatz!«, meldete er sich.

Ihr Herz machte einen Satz. Sie liebte es, wie er das sagte. Glücklicherweise war ihr Deutsch hervorragend. Sie hatte am sprachwissenschaftlichen Gymnasium sehr gute Noten in diesem Fach gehabt. Ehrlich gesagt hätte sie zu der Zeit nie gedacht, diese Sprache mal zu brauchen, um mit ihrem Freund zu kommunizieren. Aber ... so war das Leben manchmal, nicht?

»Hi. Ich bin wieder daheim. Was machst du so?«

»Das Übliche.«

Sie hörte die Kühe im Hintergrund. Also war er vermutlich im Stall.

»Wie geht es Velia?«

»Sie macht sich gut. Ist schon total fit.«

Sie seufzte.

»Was ist, Schatz?«

»Ich vermisse dich ...« Sie wollte nicht kindisch sein. Und schon gar nicht nerven. Aber manchmal war es kaum auszuhalten, nicht bei ihm zu sein.

»Ich dich auch. Du weißt, es könnte anders sein. Schöner ...«

Sie wusste, was er damit meinte. Er hatte ihr schon eine Million Mal vorgeschlagen, zu ihm zu ziehen. Ganz. Ohne Hin und Her.

»Ja, ich weiß ...« Was war es nur, das sie immer wieder davon abhielt, diesen entscheidenden Schritt endlich zu wagen?

»Du denkst darüber nach?«

»Das werde ich.«

»Ich muss Schluss machen. Ich liebe dich.«

»Ich dich ...«

Er hatte schon aufgelegt.

Velia sank ins Kissen. Entschloss sich aber dann doch dazu, die Sache mit ihrem Arbeitgeber zu klären. Der meldete sich auch sofort.

»Velia, ja, hallo ... Also, hör zu ... du arbeitest gut und bist bei den Gästen beliebt. Gar keine Frage. Aber du bist mir einfach zu oft weg. Um es kurz und schmerzlos zu machen: Ich habe eine neue Aushilfe gefunden. Du brauchst gar nicht mehr zu kommen.« Das war das, was sie zu hören bekam.

»Merda!«, rief sie laut, nachdem sie aufgelegt hatte. Sehr laut.

War das jetzt ein Zeichen des Schicksals? Wollte es ihr damit sagen, endlich für immer nach Deutschland auszuwandern? Um ... Landwirtin zu werden? Sie und Niklas und die Kühe.

Sie schnappte nach Luft. Spürte einen Anflug von Panik.

Das war nicht das, was sie wollte. Nicht zu hundert Prozent.

Aber was war es dann? Sie wollte Niklas nicht aus ihrem Leben streichen. Aber, was tat er konkret, um ihr in dieser Situation zu helfen? Um ihr entgegenzukommen?

Nicht viel, musste sie sich eingestehen. Und das war deutlich zu wenig.

• • •

Niklas stieg aus seinen Gummistiefeln, an denen eine ganze Menge Dreck haftete, und ging barfuß ins Haus. Im kleinen Nebenhaus wohnte er schon seit Jahren, während seine Eltern mit der Großmutter noch immer im Haupthaus lebten. Ohne deren Hilfe ließe sich ihr großer Betrieb aber auch gar nicht bewirtschaften.

Er strich sich durchs Haar und merkte, dass auch an seinen Händen so etwas wie Dreck haftete. Unsichtbarer Dreck, der nicht gerade sonderlich gut roch, wie Velia wohl behauptet hätte. Und sie hätte ihn jetzt darum gebeten, die Hände zu waschen. Also tat er es. Aus einem Pflichtgefühl auf Distanz heraus. Er war kein Dreckspatz oder so. Das gar nicht. Vielmehr verhielt es sich so, dass er es nicht anders kannte. Auf einem Hof wurde man halt mal schmutzig. Wo käme er denn da hin, wenn er jedes Mal mit Seife und Wasser hantieren würde, nachdem er das Vieh berührte? Und er duschte ja zweimal am Tag. Morgens, um richtig wach zu werden, und abends, um einen Trennstrich zwischen sich und die Kühe zu ziehen.

Er schüttelte den Kopf. Lächelte sogar. Weil Velia trotzdem irgendwie da war, wenn sie auch erst abgereist war. Sie war in seinen Gedanken. Immer. Das war einerseits gut. Andererseits aber gar nicht. Denn dass sie dauernd präsent war vor seinem inneren Auge, sorgte auch dafür, dass er sie dauernd vermisste. Und er wollte seine Freundin nicht immer nur vermissen. Er wollte sie vor allem bei sich haben. In seinem Bett. An seinem Tisch. Aber auch bei seinen Kühen.

Verlangte er zu viel?

Das fragte er sich oft.

Es machte ihm Angst, dass er sich in seiner Beziehung ständig Fragen stellen musste. Oft fühlte es sich nicht richtig an, dass er mit Velia zusammen war. Und das machte ihm zu schaffen. Denn er war der Meinung, dass sich bei einem Paar alles richtig anfühlen musste. Jedes noch so kleine Detail. Wie sollte man sonst dem Alltag trotzen?

Niklas trocknete sich die Hände ab, machte Musik an, setzte sich auf die Couch, nahm das Kissen und drückte es an seine Brust.

Es roch nach Velia.

Er ließ den Kopf nach hinten fallen.

Das war alles nicht gut.

Ganz ehrlich? Niemals hätte er gedacht, sich so heftig in die Italienerin zu verlieben. Ja, es war gerade ihr quirliges, vulkanisches Temperament, das er so sehr zu schätzen gelernt hatte. Dieses Brodeln. Dieses Feuer. Er wusste natürlich, dass ihre italienischen Charaktereigenschaften brutal mit seinen gut deutschen kontrastierten. Sie waren wie der Tag und die Nacht. Wie Feuer und Wasser. Der Mond und die Sonne. Genau so.

Und eigentlich passte sie nicht. Nicht in sein Leben. Nicht in seinen Hof. Er dachte mit einem Lächeln auf dem Gesicht an das erste Mal, an dem Velia bei ihm Dampfnudeln mit Vanillesoße gegessen hatte. Als Hauptgericht, wie es bei ihnen üblich war.

»Ihr fangt mit der Nachspeise an?«, hatte sie überrascht gefragt.

Damals hatte er ihre Überraschung als charmant, süß und anziehend unbeholfen empfunden.

Aber heute ... heute sah er schwarz. Wie immer eigentlich, wenn Velia abreiste.

Er stand seufzend auf.

»Willkommen, du bescheuerter Velia-ist-weg-Blues!«, schimpfte er laut und begab sich in die Küche. Dort machte er den Kühlschrank auf und holte den Provola-Käse hervor, den seine Freundin mitgebracht hatte. Sie brachte ständig irgendetwas mit. Meist Essbares.

Er setzte sich an den Tisch, schnitt eine Scheibe Käse ab und aß ihn so, ohne Brot, ohne alles.

Mh, lecker!

Und vielleicht passte sie doch, seine Velia ...

»Was haben Sie denn für eine Schuhgröße?«
»Fünfunddreißig.«
Das ist tatsächlich ein bisschen klein.
Aber sie führen natürlich auch diese Nummer.
»Einen Augenblick, bitte.«
Er hat da ein so tolles Paar im Lager.
Hellblau, wie die Augen der schönen Frau.
Er muss nicht lange suchen, findet die Sandalen sofort.
Er kommt zurück in den Laden.
Und sie ist nicht mehr da.

Kapitel 2

Ennio legte den Hammer weg, wischte sich den Schweiß von der Stirn und begutachtete sein Werk. Das helle Leder machte sich gut. Gelb. Wie die Sonne. Er konnte es sich perfekt auf sonnengebräunter Haut vorstellen. An schönen Füßen. Aber auch an hässlichen. Denn seine Sandalen machten alle Füße schön. Das war nicht anmaßend, das war die Magie der simplen Dinge. Er stellte die typischen Sandalen von Capri her. Flach, hochwertig, von einfach bis verspielt. Wer sie letztendlich trug, das konnte er nicht beeinflussen. Er konnte nur die besten Sandalen unter Verwendung ausgesuchter Materialien herstellen. Das war seine Aufgabe.

Er führte den kleinen Eckladen in einer Gasse, die direkt von der Piazzetta ausging, in dritter Generation. Die Bildergalerie, die pittoresk an der Wand hinter seinem Arbeitsplatz hing, zeigte seinen Großvater, seinen Großonkel, seinen Vater. Famose Kundschaft. Die teuerste Sandale, die sie einmal für die Braut eines Scheichs hergestellt hatten. Viele wichtige Momente. Die Bilder zeigten auch Ennio, der hineingeboren war in dieses Geschäft. Da, Ennio, ganz klein, auf dem Schoß seines Vaters. Mit seinem Lieblingsutensil, dem Hammer. Die Bilder zeigten, wie der Laden ausgesehen hatte, ganz zu Beginn. Und seine Kunden blieben immer mit ihrem Blick dran hängen. An der Vergangenheit, an der Tradition, die einen Namen trug: Marchetti. Damals, als sein Großvater aufgehört hatte vom Fischfang zu leben, um sich ganz dem Schuhhandwerk zu widmen, hatte er einfach nur seinen Nachnamen als Firmennamen verwendet. Und so hatte Ennio das gelassen. Er war dem Trend, englische Ausdrücke zu verwenden, nicht gefolgt. Sollten sie sich doch alle Capri's shoes, Walking on Capri und wie sie noch alle hießen nennen. Ihm machte es nichts aus, dass die meisten Läden englische Namen hatten.

Nein. Das stimmte so nicht. Es machte ihm sehr viel aus, denn einen Laden in dritter Generation zu führen, das war vor allem eine Verantwortung. Ennio sah es als moralische Verpflichtung an, das Geschäft nicht nur zu führen, sondern auch weiterhin erfolgreich zu halten. Und das war alles andere als einfach, bei so viel neuer, innovativer und aggressiver Konkurrenz. Er konnte nur hoffen, dass er mit seinem ruhigen, traditionellen, aber hochwertigen Geschäftsmodell am Ende gewinnen würde. Aber es war schwierig geworden, sich auf Capri zu behaupten. Manchmal kam er sich vor wie in einem Haibecken.

»Wenn jemand die Definition von grimmig braucht, muss er nur in dein Gesicht schauen ...«

Ennio blickte auf. Vor ihm stand Mariasole, die sich jetzt auf seinen Arbeitstisch lehnte und ihn amüsiert ansah.

»Und wenn jemand die Definition von nervig braucht, muss er dich nur als beste Freundin und Mitarbeiterin aussuchen.«

»Haha. Das Spiel könnten wir jetzt ewig weiterführen, oder?«

»Ja. Aber das werden wir lassen. Weil du jetzt nämlich Feierabend hast.« Er zeigte demonstrativ auf seine schwere Armbanduhr. Ein Erbstück seines Großvaters.

»Oh, verdammt. Ich muss los, oder?«

Ennio zog nur die Augenbrauen hoch.

»Du kommst aber später ins Lokal, ja?«

Er suchte fieberhaft nach einer Ausrede. »Ich muss ...«

»Nein!«, unterbrach sie ihn sofort. »Fang gar nicht erst damit an. Du kommst. Basta.«

»Ach, Mariasole ...«

»Nein, nein, nein, nein, nein!« Sie fuchtelte mit den Fingern vor seinem Gesicht herum. Nervig eben ...

»Va bene. Ich schaue kurz vorbei«, gab er sich geschlagen.

»Und dann wird meine Stimme dich fesseln und du wirst gar nicht anders können, als bis zum Schluss zu bleiben!«, rief sie teils triumphierend, teils theatralisch aus.

Ennio stöhnte und schlug sich in gespielter Verzweiflung an die Stirn. Na ja, so gespielt war sie gar nicht, seine Verzweiflung. Er ging nicht allzu gerne fort. Nicht mehr.

»Ennio, ich brauche dich dort ...«, flehte sie jetzt sehr viel leiser. Und sehr viel ehrlicher.

»Ich weiß!«, murrte er. »Und ich werde da sein. Wie immer.«

Sie machte einen kleinen Hüpfer, drückte ihm einen Kuss auf die Wange, winkte und verließ den kleinen Laden. Kam aber gleich darauf wieder rein. »Ach, Ennio, hast du dich um die Aushilfskraft für den Sommer gekümmert?«

Mariasole konnte immer nur in der Nebensaison aushelfen. Denn eigentlich war sie Sängerin. Eine ausgesprochen gute sogar. Und die Hochsaison über hatte sie abends oft Auftritte. Im Laden stehen konnte sie daher nicht auch noch, zumal sie Mutter eines kleinen Sohnes, Alfio, war.

»Ähm ...«

»Noch immer nicht?«

»Ich ...«

»So geht das nicht, Ennio. Ich kann dich nicht immer bemuttern. Du wirst bald fünfunddreißig!«

Das brauchte sie auch gar nicht. Er war sehr wohl imstande, sich allein um eine Aushilfskraft zu kümmern. Er hatte nur viel zu viel um die Ohren. Der Laden, sein Großonkel. Aber das brauchte Mariasole alles nicht zu wissen. Sie hatte genügend eigene Probleme. »Dio Santo, Mariasole, lass mich doch mal aussprechen: Ich habe bereits mit Franca gesprochen. Sie hat auf dem Festland eine Nichte, die infrage kommt. Okay?«

Sie sah ihn kurz an. Forschend. Gar nicht überzeugt. Dann nickte sie aber. »Sehr gut. Bis später!«

Und nun musste er sehen, wie er tatsächlich zu einer Verkäuferin kam, denn er war sich nicht sicher, ob Francas Nichte überhaupt interessiert war. Das Gespräch, das er mit seiner Haushälterin geführt hatte, war doch sehr theoretisch gewesen. Und vor allem schon Ewigkeiten her.

Ennio hatte den Laden zugeschlossen. Er wollte kurz zu Abend essen, um dann später noch mal ein Stündchen oder so aufzumachen. Es liefen immer Touristen vorbei, zu jeder Uhrzeit. Und da wäre es doch schade, nicht für sie da zu sein. Zumal er es sich nicht leisten konnte, auf eventuelle Verkäufe zu verzichten. Es war ihm einfach zu wichtig, nicht an der Qualität zu sparen. Und das wiederum führte dazu, dass er auf die Verkäufe angewiesen war. Er wollte weiterhin nur die besten Materialien verwenden, die aber immer mehr kosteten, sodass die Marge immer kleiner wurde. Ein Teufelskreis, der nur durch guten Betrieb unterbrochen werden konnte.

Jetzt war er schon wieder grimmig. Da hatte Mariasole schon recht, überlegte er, als er die Stufen zur Wohnung hinaufging, die sich direkt über dem Laden befand. Ein großes Glück, wie er wusste. Die Wohnung hatte sein Großvater seinerzeit gekauft. Jetzt gehörte sie ihm. Und seinem Großonkel Salvo.

Er sperrte auf. Duft nach Gemüse suchte sich sofort einen Weg zu ihm. Ennio war hungrig. Das merkte er vielleicht erst jetzt so richtig.

»Ennio?«, rief Franca, die Haushälterin, aus der Küche.

Wer denn sonst?, war seine stumme Frage. Es war ja nicht so, dass ganz Capri ihren Hausschlüssel besaß.

»Ja-ha«, rief er daher nur.

»Was? Ist der Junge endlich da?«, hörte er zio Salvo krächzen.

»Ja. Er ist gerade reingekommen«, schrie Franca. Der Großonkel war selektiv schwerhörig – hörte also nur das, was er wollte, wann er wollte.

»Wo bleibt er denn?« Zio Salvo wurde ungeduldig. Und Ennio beeilte sich im Bad, wo er sich schnell die Hände wusch.

»Er kommt gleich«, berichtete Franca.

Ennio trocknete sich die Hände ab und ging durch den Flur direkt in die große, helle Küche.

»Der Junge ist da!«, freute sich zio Salvo und lächelte dabei so breit und freudig, dass Ennio ganz warm ums Herz wurde.

»Ich sehe es!«, antwortete Franca so deutlich wie möglich.

»Ennio, Junge, komm, komm!« Salvo wedelte mit seiner krummen Hand ganz aufgeregt und deutete ihm näherzukommen. Wie immer saß er in seinem Rollstuhl direkt am großen Fenster. Dort, wo er aufs Meer blicken konnte. »Delfine. Ich habe sie heute gesehen.«

Das bezweifelte Ennio. Dazu hätte er ein Fernglas gebraucht. »Wie viele, zio?«, fragte er trotzdem und ließ sich von Franca liebevoll den Arm tätscheln. Ein stummer Gruß. Sie hatte sich zu ihnen gestellt und blickte jetzt auch angestrengt Richtung Meer. Es dämmerte bereits. Und das Meer war glatt wie ein See.

»Drei. Vielleicht vier. Und einer hat Kapriolen geschlagen. So.« Der Großonkel zeigte angestrengt mit seinem dünnen Arm, wie der Delfin sich seiner Meinung nach bewegt hatte.

»Sicher, dass es kein Thunfisch war?«

»Ach, Junge, was redest du denn da? Meinst du, ich kann einen Delfin nicht von einem Thunfisch unterscheiden? Ich bin doch nicht so unwissend wie du! Ich habe auf dem Meer gelebt. Davon hast du keine Ahnung, non è vero?«

Zio Salvo tat nur verärgert. Das wusste Ennio. Es gehörte zum Ritual. Zu diesem irren, verrückten Ritual, das sich fast jeden Abend am großen Fenster abspielte.

»Das ist deine Schuld. Du hast mich ja nie mitgenommen aufs Meer!«

Der Alte machte ein komisches Gesicht, winkte ab. »Ist sie heute in den Laden gekommen?«

Das war normal, dass er so abrupt das Thema wechselte. Nun ja. Normal ... Für den Großonkel war es normal. Und inzwischen hatte sich Ennio daran gewöhnt. Es blieb auch kaum eine Alternative.

»Wer?«

»Die Prinzessin, stupidino!«

Ach so. Es war mal wieder Prinzessin-Zeit. Das war auch so ein Thema, das zio Salvo oft und gerne beschäftigte. Er erzählte immer mal wieder von einer Prinzessin. Und damit wusste Ennio nicht viel anzufangen. Aber er spielte mit. Mit einem Schulterzucken.

»Heute nicht, nein.«

Der alte Mann schlug sich aufs Bein und schüttelte entrüstet den Kopf. So entrüstet, dass ihm beinahe der alte, abgenutzte Strohhut vom Kopf fiel, von dem er sich so gar nicht trennen wollte und der somit ein richtiger Dorn in Francas ordentlichem Haushälterinnenherz war.

»Wo sie nur bleibt ...?«

»Ihr beiden! A tavola – zu Tisch!«, forderte Franca sie auf.

Ennio tätschelte die Wange seines Großonkels und schob ihn in Richtung Esstisch. Er wünschte, er könnte dem Mann den traurigen Blick nehmen, den er immer dann hatte, wenn er von dieser Prinzessin sprach. Er wünschte, er könnte ihn besser verstehen. Es machte ihm zu schaffen, dass er nichts zu seinen Delfinen, Prinzessinnen und all den anderen Geschichten sagen konnte, die dem alten Mann so wichtig waren. Er wusste nicht, wie viel davon Reste von Erinnerungen und wie viel davon ganz einfach Vorstellungen oder Figuren aus seiner Fantasie waren.

Als zio Salvo endlich bequem bei Tisch saß, nahm auch Ennio Platz und war dankbar, dass Franca ihren Weg in die Familie gefunden hatte. Nicht nur, weil sie sich vorbildlich um den Haushalt kümmerte, sondern viel mehr, weil sie für den alten Mann da war. Immer. Als wäre er mit ihr blutsverwandt. Als liebte sie ihn wirklich.

Sie schnitt ihm gerade die Auberginen klein. Und er wartete geduldig ab. Sah gar nicht so genau hin.

»Ich lade sie einfach mal ein, oder?«, fuhr zio Salvo fort.

»Die Prinzessin?« Ennio riet einfach mal und begann zu essen.

»Wen denn sonst, stupidino!«

Ja. Kleiner Dummkopf wurde Ennio von seinem Großonkel sehr oft genannt. Aber er nahm es ihm kein bisschen übel. Er fühlte sich ja selbst oft genug so. Weil er den Gedankengängen des alten Mannes in den seltensten Fällen folgen konnte.

»Gute Idee.«

»Die beste Idee seit Langem«, fand auch der Alte und schmatzte dabei laut.

»Zum Essen?«, schlug Franca vor, bevor sie ihm einen Löffel in den Mund schob. Auch sie spielte immer mit. Das war ganz einfach der leichtere Weg.

»Ja!«, rief Salvo begeistert. »Und du kochst deine Spaghetti alle vongole, ja? Die mag sie vielleicht.«

»Selbstverständlich!«

Zio Salvo lächelte. Kleckerte dabei ein bisschen, aber das war in Ordnung. Wenn er nur lächelte.

»Wieso ist kein Basilikum in den Auberginen?«, erkundigte sich der Großonkel dann ganz unvermittelt.

Franca suchte Ennios Blick. Erstaunen zeigte sich darin. Und Ennio schaute in seinen Teller. Basilikum war tatsächlich nicht dabei. Er hatte auch keinen geschmeckt.

»Ich habe keinen frischen bekommen«, erklärte sie.

»Würdest du beim nächsten Mal bitte wieder Basilikum kaufen? Ich mag den.«

»Aber natürlich!«

Das schien den alten Mann zufriedenzustellen. Denn er sagte bis zum Ende des Abendessens nichts mehr.

Ennio sah seine Gelegenheit, um Franca auf ihre Nichte anzusprechen. »Sag mal, würdest du dich mal bei deiner Nichte erkundigen, ob sie Lust hat, den Sommer über bei mir im Laden Sandalen zu verkaufen?«

Wenn sie nur halb so tüchtig war wie ihre Tante, dann musste Ennio nichts befürchten.

»Gerne! Ich rufe sie gleich morgen an. Aber ich kann dir nichts versprechen.«

Nach dem Abendessen verabschiedete sich Ennio und ging wieder runter in den Laden, wo tatsächlich ein Grüppchen am Schaufenster stand und sich interessiert die Ware ansah.

»Buonasera!«, grüßte er und sperrte auf.

Die Gruppe, die vorwiegend aus Frauen bestand, folgte ihm und füllte den eher überschaubaren Verkaufsraum. Sie sahen sich eine ganze Weile um, berieten sich, analysierten und fassten an.

»Wunderschön!«, schwärmten sie und sahen sich die Sandalen genau an. »Kann ich die anprobieren?«, fragte eine junge Blondine.

»Selbstverständlich!«

Er sah ihr dabei zu, wie sie in die Sandale schlüpfte und sich vor dem Spiegel hin und her drehte.

»Ich nehme sie!«, beschloss sie irgendwann.

Als sie an der Kasse bezahlte, reichte sie ihm einen zusammengefalteten Geldschein. Er faltete ihn auseinander und ihm fiel ein Zettel entgegen.

Eine Telefonnummer. Ein Name. Und ein »Ruf mich an«.

Er hob den Blick, aber sie war schon verschwunden.

• • •

»Doch. Du musst jetzt ins Bett, piccoletto!«, versuchte Mariasole es erneut mit der strengsten Stimme, die sie hinbekam.

Alfio, ihr vierjähriger lebhafter Sohn, sprang vom Sofa auf den Sessel und quietschte vergnügt. Als hätte sie gar nichts gesagt. Mariasoles Vater lachte und schnappte sich den Kleinen. Aber nicht etwa, um ihn zu Bett zu bringen, sondern um sich mit ihm über das abendliche Fernsehprogramm zu beraten.

Keiner beachtete sie.

Und sie fühlte sich unsichtbar. Unbedeutend. Übergangen. Wie so oft in letzter Zeit.

Das Schlimme war, dass sie nicht mal protestieren konnte. Immerhin lebte sie im Haus ihrer Eltern. Mit einem Sohn, auf den eben meistens die Eltern aufpassten, weil sie, Mariasole, dauernd arbeitete, um ... ja, um die Hoffnung auf eine bessere, vollkommen andere Zukunft nicht gänzlich zu verlieren. Um an ihren Träumen, diesen großen, unbescheidenen Träumen festzuhalten, die ihr beharrlich weismachen wollten, dass sie es noch immer schaffen konnte, vom Singen zu leben und ihrem Sohn eine normale, geregelte Kindheit zu bieten. In ihren Träumen sah sie ein großes Haus mit Garten und, warum nicht, mit Haustieren für Alfio, der an keiner Katze vorbeigehen konnte, ohne sie zu streicheln. In ihren Träumen sah sie einen Plattenvertrag, Fernsehauftritte, Radiosendungen. Ihr Traum sah sie ganz wo anders. Nicht auf Capri.

Haha.

Sie schüttelte den Kopf.

Scheiß Träume!, schimpfte sie mit sich und zwang sich dazu, der Realität ins Auge zu sehen. Da war das Wohnzimmer ihrer Eltern. Ihr Vater, mit der Fernbedienung in der Hand und ihr Sohn, der sich, wie sie es früher getan hatte, in die Armbeuge kuschelte.

Auch sie würde es heute wie damals vorziehen, mit ihrem papà zu kuscheln. Alfio konnte sie also nichts vorwerfen. Sie wusste schließlich, wie liebevoll, beschützend und loyal der Mann war, der ihren Sohn hielt.

»Lass sie ...«, riet ihre Mutter ihr liebevoll, die unbemerkt an sie herangetreten war. »Alfio braucht eine Vaterfigur.«

Ja. Das wusste Mariasole natürlich auch. Aber das hieß noch lange nicht, dass man ihren Sohn derart verwöhnen musste.

Mariasole war der Meinung, dass er Regeln brauchte. Ein normales Leben, wo nicht immer alle nach seiner Pfeife tanzten. Einen ganz normalen Alltag.

»Ich weiß, was du jetzt denkst, Mari. Und wir bekommen das alles hin, va bene? Nur ...«, ihre Mutter zeigte betont besorgt auf ihre Armbanduhr, »... du bist wirklich spät dran. Du solltest dich beeilen. Reden und planen und alles richtig machen, das können wir auch morgen noch.«

Morgen.

Mariasole hatte den Eindruck, dass morgen schon ziemlich voll war.

Voll von all den Dingen, die sie immer aufschob. Spät dran war sie aber tatsächlich. Und sie konnte sich nicht leisten, unprofessionell zu wirken. Sängerinnen gab es zur Genüge. Wenn sie am Ball bleiben wollte, dann musste sie besser, pünktlicher und zuverlässiger sein als alle anderen.

»Ma, du weißt, dass wir so nicht weitermachen können, oder?«

»Ja. Weiß ich.« Ihre Mutter nickte übertrieben, sodass ihr glattes, schulterlanges Haar hin und her wippte.

Mariasole nickte auch, als wäre wenigstens ein Teil ihrer Aufgabe erledigt. Sie ging ins Bad, wo sie sich vor den Spiegel stellte. Das Spiegelbild nervte sie. Die erneut verpasste Chance, ihren Standpunkt zu vertreten, nervte sie. Die Tatsache, dass sie ihrem Sohn nicht die geregelte, ordentliche und stabile Grundlage gab, um zu einem vernünftigen Mann heranzuwachsen, nervte sie.

Wut schwoll in ihrer Brust an. Wut auf sich. Wut auf Alfios Vater, der seinen Sohn gar nicht kannte ...

Und dann verwandelte Mariasole diese Wut. In Leidenschaft. In Stärke. In Kraft. In Mut. In Musik. In Töne.

Als sie das Bad verließ, wusste sie, dass sie an diesem Abend besonders gut singen würde.

Er lässt die Schuhe sinken.
Bedauert, der Frau nicht zeigen zu können, wie gut die Sandalen zu ihren Augen passen.
Dann überlegt er, dass er die Sandalen vielleicht sogar noch perfekter für sie machen könnte.
Mit ein paar Steinen.
Winzigen Details.
Er macht sich an die Arbeit, denn er kennt sie, die Frauen.
Sie kommen wieder.

Kapitel 3

Ennio schob sich vorsichtig durch die Piazzetta, vorbei an unzähligen Passanten. Die Insel war das ganze Jahr über gut besucht, aber jetzt, im Frühsommer, bei dem fabelhaften Wetter, begann der Tourismus zu boomen. Vor allem auf dem kleinen Marktplatz, dem eigentlichen Zentrum Capris. Er überlegte, dass er mal wieder zu lange gewartet hatte, um sich wegen einer Verkäuferin umzusehen. Mariasole hatte schon recht. Jetzt hatte er den Laden geschlossen, um seine beste Freundin bei ihrem ersten Auftritt der Saison moralisch zu unterstützen. Eine Verkäuferin wäre also gar nicht schlecht gewesen. Sie hätte sich auch allein um den abendlichen Betrieb kümmern können. Das konnte man mit etwas Übung ganz gut schaffen.

Ennio hatte die enge *Via Roma* erreicht und wich einem kleinen, orangenen Linienbus aus. Die Straße war stark befahren, was zu ständigem Verkehrschaos führte und die Anwesenheit eines Verkehrspolizisten notwendig machte – schlimm genug, aber wohl nicht zu verhindern. Auf Capri war vieles zu klein oder zu eng. Nur das Meer nicht. Das erschien von der Insel aus unendlicher als der Himmel.

Er grüßte im Vorbeigehen Iacopone, den Fischer, der in seiner *pescheria* stand und selbst zu dieser Uhrzeit noch seinen frischen Fisch anpries – singend. Iacopones Laune erkannte man an der Songauswahl. Heiteres bedeutete guten Fang. Melancholisches stand für miesen Fang. Dem Lied nach zu urteilen, war heute Tolles dabei. Vielleicht Hummer, überlegte Ennio.

Es roch jedenfalls bis auf die Straße. Capri war für Ennio auch das. Frischer Fisch und Iacopone mit seiner Musik und das Meer.

Als er das *La Caprese* erreichte, fiel sein Blick auf ein großes Plakat, das an der weißen Wand neben dem Eingang hing. Es zeigte Mariasole. Mit geschlossenen Augen, Mikrofon in der Hand. Sie sah umwerfend aus und er merkte, wie er bei dem Anblick lächelte. Sie war die tollste Frau, die er kannte. Keine Frau, die einem Mann einen Zettel mit ihrer Telefonnummer zustecken würde. Und gleichzeitig eine Frau, die sich für ein Kind entschieden hatte, obwohl der Vater des Kindes es nicht getan hatte. Der war lieber ganz verschwunden. Oft fragte er sich, warum zwischen ihm und Mariasole nie dieses ganz besondere Gefühl aufgekommen war, das ein Paar aus ihnen hätte machen können. Immerhin sahen sie sich praktisch jeden Tag. Und das, seit sie zusammen die Schulbank gedrückt hatten. Er zuckte mit den Achseln. Es war halt einfach so, beschloss er.

Mit gebeugtem Kopf betrat er das Restaurant. Ennio war so groß, dass er immer den Eindruck hatte, irgendwo anzuschlagen. Die ganzen Beulen aus seiner Jugend, aus der Zeit also, als er plötzlich, quasi über Nacht, über einen Meter neunzig geworden war, reichten ihm für sein ganzes Leben.

Die Beleuchtung war atmosphärisch gedimmt, sodass die kleine Bühne, auf der Mariasole sang, besonders schön hervorgehoben war. Das Restaurant war bis auf einige wenige Sitzplätze voll. Ihn wunderte das nicht. Er wusste, wie gut seine beste Freundin unterhalten konnte. Und das hatte sich wohl herumgesprochen.

Ennio ging durch den Saal, direkt an einen freien Barhocker. Er setzte sich, versuchte Mariasoles Aufmerksamkeit auf sich zu ziehen. Damit sie sah, dass er auch wirklich da war. Aber sie war gerade noch bei den gefühlvollen Balladen, bei denen sie die Augen geschlossen hielt. Da kam er nicht an sie heran. Keine Chance.

Er nutzte die Zeit, um etwas zu bestellen. Er nahm einen Caprese. Den hatte er zu seinem Lieblings-Cocktail erkoren. Obwohl die Kombination aus Grappa, Zitronensaft, Sirup, Olivenöl, Basilikum und

Kirschtomaten für den ein oder anderen sehr gewagt klingen mochte, hatte Ennio sich nicht davon abschrecken lassen. Er hatte ihn letzten Sommer probiert und war dabei geblieben. Es gab kaum etwas, das besser schmeckte. Vor allem, wenn die Kirschtomaten richtig reif waren.

Die Essenz von Capri. Nicht mehr und nicht weniger.

So waren sie, die Inselbewohner: raffiniert, gewagt, aber auch gleichzeitig einfach und bodenständig.

Er nahm das Getränk mit dieser Gewissheit dankend entgegen und begann sich umzusehen. Eine seiner Lieblingsbeschäftigungen war es, sich die Umgebung mit den Augen eines Besuchers anzusehen. Es gefiel ihm, sich vorzustellen, wie Capri auf jemanden wirkte, der hier nur seinen Urlaub verbrachte. Das *La Caprese* zeigte sich von seiner besten Seite. Auf jedem Tisch stand eine Kerze. Die geschmackvolle Meeresdekoration an den weißen Wänden war sehr dezent in Szene gesetzt. Die große Fensterfront zeigte in Richtung Meer. Und Mariasole untermalte das alles auf schönste Weise mit ihrer einzigartigen Stimme. Capri war ein Traum. Und er ein bisschen stolz darauf.

Da, sie hatte ihn entdeckt, zwinkerte ihm zu. Und Ennio überlegte, dass die Besucher des Restaurants jetzt vermutlich annahmen, sie seien ein Paar.

Mariasole kündigte einen neapolitanischen, heiteren Evergreen an. *Tu vuò fà l'americano* von Renato Carosone. Ennio wusste, was jetzt kommen würde ...

Sobald die ersten Töne des Songs erklangen, begannen alle Anwesenden zu klatschen. Ja, es packte auch ihn. Er hatte dieses Lied wahrscheinlich eine Trillion Mal gehört. Es verlor aber nichts von seinem Charme. Es weckte jedes Mal eine ansteckende Begeisterung in ihm. Und Mariasole gab dem Lied mit ihrer ausdrucksstarken Stimme noch den ultimativen Schwung.

Es wunderte Ennio nicht sonderlich, dass beim ersten Refrain die Mehrzahl der Besucher bereits stand und lauthals mitsang. Auch er erhob sich. Merkte erst gar nicht, dass jemand sich zu ihm gesellt hatte. Dann aber klopfte ihm dieser Jemand auf die Schulter und er blickte sich um. Direkt in das Gesicht der Blondine, die ihm zuvor im Laden die Nachricht hinterlassen hatte.

• • •

Obwohl Velia sich wirklich bemühte und die Stimmung im Lokal, in das Piera sie mitgeschleppt hatte, bombastisch war, hatte sie einfach keinen Spaß. Die Kneipe war toll. Die Band auch. Nur sie war es nicht. Velia war eine wandelnde Katastrophe. Sie hatte einen Freund, der sie nie besuchte. Sie hatten keine Arbeit mehr. Und auch keinen Antrieb, es irgendwie besser zu machen.

Piera tänzelte Zumba-mäßig um sie herum, während Velia sich nicht aufraffen konnte, sich vom Hocker zu erheben. Sie nuckelte stattdessen an ihrem Strohhalm und hoffte einfach nur, den Abend irgendwie zu überstehen.

Irgendwann hörte Piera auf mit dem Tanzen. »So geht das nicht weiter!«, sagte sie und zog Velia vom Hocker.

Sie wollte protestieren. Als sie aber merkte, dass Piera wohl die Kneipe mit ihr verlassen wollte, ließ sie es einfach geschehen.

Im Freien, ohne die laute Musik, fühlte Velia sich verpflichtet, irgendetwas zu sagen. »Tut mir leid ...«, fing sie an.

Piera erlaubte ihr aber nicht, den Satz zu Ende zu bringen. Sie hob sogar eine Hand, um sie am Sprechen zu hindern. »Nein. Du hörst mir jetzt zu!«

Velia wunderte sich etwas über den ernsten Tonfall ihrer Freundin. Piera konnte eigentlich gar nicht ernst sprechen. Und tat es auch nie. Na ja, fast nie. Einmal, in der dritten Klasse oder so, hatte sie auch so einen ernsten Tonfall benutzt. Um sich gegen Anschuldigungen zu wehren. Die Anschuldigungen waren zwar berechtigt gewesen, der ernste Tonfall aber hatte den Lehrer vom Gegenteil überzeugt. Die Tatsache, dass Piera sehr wortgewandt und überzeugend sein konnte, musste Velia sich vor Augen halten.

Sie standen sich im schwach beleuchteten Innenhof gegenüber. Man hörte die Musik noch. Nicht halb so laut wie drinnen, aber laut genug, um zu erkennen, dass es gute Musik war. Blöd eigentlich, dass sie sie nicht genossen hatte, als sie noch die Möglichkeit dazu gehabt hatte.

»Komm, wir spazieren ein bisschen«, schlug Piera schon sehr viel versöhnlicher vor.

Sie hakte sich bei Velia unter und gemeinsam gingen sie vom Innenhof aus auf die belebte *Via Chiaia*. Autos rasten gewohnt halsbrecherisch an ihnen vorbei, Vespa-Fahrer hupten und riefen ihnen Unverständliches zu und sie hatten etwas Mühe, die Straße zu überqueren, um die *Piazza Carolina* zu erreichen.

Sie hatten das zwar nicht abgesprochen, aber sie liefen ganz automatisch weiter Richtung *Piazza del Plebiscito* – Neapels schönste und größte Piazza.

Velia war schweigsam. Vielleicht, weil Piera noch immer so ernst war und ebenfalls nichts sagte. Aber ihre Stadt sprach zu ihnen. Wie immer laut, explosiv und heiter. Sie nahm ihnen diesen Part einfach ab und legte sich wie in einer innigen Umarmung um sie. In Neapel fühlte Velia sich nie allein, oder gar einsam. Das war unmöglich. Hier hatte jede Gasse, jeder Pflasterstein, jedes Monument und jeder *palazzo* ein Gesicht, eine Geschichte, ein Eigenleben, an dem jeder Passant teilhaben durfte.

Sie hatten die Piazza erreicht und gingen zielstrebig auf die Basilika zu, die, mit ihren halbkreisförmig angelegten Seitenflügeln, einen pittoresken Rahmen des Markplatzes darstellte. Die Basilika war beleuchtet und ihre Stufen aus hellem Stein, die zu einem Eingang führten, der mit seinen Säulen und von der Bauweise her ein bisschen an einen Tempel erinnerte, schienen auf sie zu warten.

Es saßen bereits einige andere Menschen auf den Stufen und Velia überlegte, dass sie wohl zu Oberschulzeiten damit angefangen hatte, sich mit Piera abends hierhinzusetzen, wenn es etwas zu besprechen gab. Früher ging es um Klassenarbeiten, Jungs und nervige Eltern.

Heute ging es um ... ja, um was denn eigentlich? Um ihr verkorkstes Leben? Um Niklas? Oder um beides?

Sie setzten sich auf die dritte Stufe, ganz auf den Rand. Das Gestein war angenehm kühl, aber Velia wusste aus Erfahrung, dass sie es schon bald als deutlich zu kalt empfinden würde.

Zunächst schwiegen sie einfach nur weiter und gaben sich dem quirligen Tamtam hin, das sie umgab. Um sie herum war es Sommer und es war Nacht. Um sie herum genossen die Menschen das Leben, den typisch südländischen Flair. Und Velia fiel selbst ein bisschen in dieses italienische Lebensgefühl, das man nur schwer beschreiben konnte, in das man sich aber sofort verliebte, wenn man den richtigen Grad des *Dolcefarniente* erst mal erreicht hatte.

»Süße, ich kann mir das einfach nicht mehr wortlos mit ansehen«, sagte Piera irgendwann und unterbrach damit die eben erst erreichte Sorglosigkeit.

Velia seufzte. Wusste aber nichts darauf zu erwidern.

»Du hängst seit Jahren in der Schwebe. Wartest auf etwas ... nein, du erwartest von deinem Freund etwas, das er dir sehr wahrscheinlich niemals geben wird. Und ich ertrage es nicht, dass du die besten Jahre deines Lebens auf diese Weise verplemperst. Du hast Besseres verdient. Du hast alles verdient. Die ganze Welt sollte dir zu Füßen liegen. Verstehst du, was ich meine?«

»Ja. Schon irgendwie.« Natürlich verstand Velia, was ihre Freundin ihr sagen wollte. Sie sprach praktisch das aus, was sie selbst ständig dachte. Gut, Piera verwendete viel aussagekräftigere Worte, als Velias Gedanken jemals zustande bringen würden. Aber der Sinn war erschreckend gleich.

»*Ja. Schon irgendwie*«, imitierte Piera sie tonlos und fuhr sich dabei durch ihr kurzes, platinblond gebleichtes Haar. »Es reicht nicht, dass du es verstehst. Du musst endlich handeln. Endlich was tun. Du bist so nicht glücklich. Wärst du es, würde ich dich unterstützen. Bei jeder noch so dummen Tat. Aber so ...« Theatralisch hob Piera beide Arme und zog gleichzeitig die Schultern hoch. Velia sah, wie die ausgeprägten

Muskeln ihrer Freundin sich anspannten und gleich wieder entspannten.

Velia seufzte tief und wurde sich bewusst, dass dieser Abend in die Geschichte eingehen würde. In die Geschichte ihres Lebens. Die Welt würde nichts davon mitbekommen, aber ihre kleine Welt sehr wohl. Und das war es auch, warum sie bisher noch nicht gehandelt hatte. Wer stellte schon gerne seine Welt auf den Kopf?

»Du hast recht!«

Piera nickte und ließ dabei ihre großen Ohrringe klimpern. »Okay, was willst du tun?«

Mit Niklas Schluss machen, schoss es ihr durch den Kopf. Der Gedanke war ihr in dieser Form und Klarheit so neu, dass sie einen dumpfen Schmerz in der Brust spürte. Wollte sie das wirklich? Sie dachte an ihren gutmütigen, lieben Freund ... an seine Umarmungen. Daran, wie schön es dann eigentlich doch immer war, wenn sie ihn besuchte. Wollte sie für immer Abschied davon nehmen?

»Ich weiß es nicht«, gab sie daher zu. »Fakt ist, dass ich ernsthaft mit Niklas besprechen muss, ob wir eine gemeinsame Zukunftsvision haben.« Na, das klang schon mal sehr vernünftig, fand sie.

»Ja, aber du musst dir meiner Meinung nach erst selbst darüber klar werden, was du willst.«

»Ich will einfach nur Niklas hier in meinem Leben haben.«

Piera nahm ihre Hand. »Dazu wird es niemals kommen, Süße. Er wird seinen Hof nicht aufgeben. Für dich nicht. Und für niemand anderen sonst.«

»Ich weiß ... aber ich muss es aus seinem Mund hören. Und mir darüber klar werden, ob ich im Ernstfall das hier alles aufgeben würde.« Sie zeigte mit den Händen um sich.

Piera presste die Lippen zusammen. Als wollte sie sich selbst daran hindern, etwas Dummes zu sagen.

»Ach, *merda*! Wieso habe ich mich überhaupt auf ihn eingelassen. Alles wäre so viel einfacher, wenn ich ihn gar nicht erst kennengelernt hätte!«

Das war eine total sinnlose Aussage. Velia wusste das.

»Vielleicht. Aber dann hättest du ganz sicher die Erfahrung missen müssen, ein Kalb auf die Welt zu bringen ...« Piera grinste. Und obwohl Velia eher zum Weinen zumute war, spürte sie, wie ihr Mund sich ebenfalls zu einem Lächeln verzog.

Sie lehnte sich an die Schulter ihrer Freundin und bedeckte mit ihrem langen, hellen Haar fast deren gesamten Rücken.

»Du hättest mich daran hindern sollen, ihn in Deutschland zu besuchen. Damals, beim ersten Mal gleich!«, protestierte Velia schwach.

»Nein, nein, *signorina*, du wirst die Schuld nicht mir in die Schuhe schieben!«

»Na ja. Ich dachte, ich versuch's einfach mal.«

»Keine Chance. Und jetzt komm, raff dich auf. Wir gehen noch was trinken. Ich lade dich ein.«

Ja. Warum eigentlich nicht?

Das berühmte *Gran Caffè Gambrinus*, das direkt an der Piazza lag, hatte noch offen. Natürlich waren die Tische draußen gut besucht. Velia fand das nicht ungewöhnlich, selbst nachts um ein Uhr nicht. Denn in Neapel war nicht nur die Sonne magisch, sondern auch der Mond. Oder erst recht der Mond. Neapels Mond war Muse gewesen für unzählige Poeten, Musiker und Autoren. Und er verwandelte die Piazza in einen Ort, an dem alles möglich schien. Vielleicht sogar, dass Velia und Niklas einen Weg fanden, überlegte sie hoffnungsvoll.

Ein aufmerksamer Kellner brachte ihnen ihre Erfrischungsgetränke. Sie stießen an.

»Auf was trinken wir?«, erkundigte sich Velia.

»Auf dich!«

Auf dem Weg nach Hause beschloss Velia, dass sie etwas für sie sehr Drastisches tun würde. Sie hatte die Angewohnheit, Niklas immer eine Nachricht zu schicken, bevor sie einschlief. Er hatte sein Handy daher auch stets auf dem Nachttisch liegen, um ihr zeitnah antworten zu können, wie sie wusste. Bisher hatte das geklappt. Sie hatte innerhalb von Minuten Antwort bekommen. Mal ganze Nachrichten. Mal nur ein Herzchen. Jeden Abend. Seit Jahren schon.

Nun, sie hatte beschlossen, ihm jetzt *nicht* zu schreiben. Und sie war ehrlich gespannt, welche Reaktion sie bekommen würde.

Velia legte ihren Kopf auf das Kissen, knipste die Nachttischlampe aus. Doch sie wusste gleichzeitig sofort, dass sie, wenn überhaupt, sehr schlecht schlafen würde.

• • •

Niklas fluchte leise vor sich hin. Das war sonst eher nicht seine Art. Fluchen überließ er sonst gerne Velia. Darin war sie deutlich besser. Und ihre Wortwahl auf jeden Fall ... bunter. Nur jetzt wusste er sich nicht anders zu helfen. Bei seiner Abendkontrolle bei den Kühen war ihm aufgefallen, dass seine größte und schönste Kuh Dora sich anders verhielt als sonst. Sie stieß wiederholt mit dem Kopf gegen die Stangen der Abgrenzung. Und sie knirschte unschön mit den Zähnen. Niklas hatte sofort seinen Vater hinzugeholt, der bei dem Tier Fieber gemessen hatte. Die Temperatur war erhöht. Dora war krank.

Das war so ziemlich das Schlimmste, was passieren konnte. Krankheiten, Infektionen waren Niklas' größte Sorge. Er fürchtete, dass sich die Tiere untereinander ansteckten und ihm nacheinander einfach wegstarben. Das ging rasend schnell. Deshalb schoben er und sein Vater Dora in den kleineren Stall, wo sie von den anderen Tieren isoliert war. Niklas wollte den Tierarzt rufen, merkte aber, dass er sein Handy nicht dabeihatte.

»Ich geh schnell von zu Hause aus telefonieren«, schlug sein Vater vor und ließ ihn mit Dora allein.

Niklas tätschelte den großen Kopf des Tieres, merkte aber, dass die Kuh das eher nervte, also ließ er von ihr ab, setzte sich an den Rand, auf einen Strohhaufen. Und wartete.

Spätestens als Dora sich erschöpft hinlegte, wusste er, dass die Lage ernst war.

Werner, ihr langjähriger Tierarzt, kam Gott sei Dank wenig später und bestätigte ihren Verdacht einer Atemwegsinfektion. Er verabreichte ein starkes Antibiotikum. »Das wird vermutlich ein bisschen Durchfall verursachen«, warnte der Arzt vor. Aber das kannte Niklas bereits. Er seufzte innerlich. Durchfall war wahrlich keine Freude. Aber wohl das kleinere Übel.

»Wie sieht es mit den anderen Tieren aus?«, erkundigte sich Werner. »Sollen wir die gleich mit überprüfen?«

Niklas rieb sich die Schläfen.

Das würde eine lange Nacht werden.

Und sie kommt wieder.
Er hat die Tage gezählt.
Uno, due, tre.
»Haben Sie Sandalen in meiner Größe gefunden?«, erkundigt sie sich.
Er lächelt nur und holt die eigens für sie verschönerten Sandalen aus dem Lager hervor.
Und diesmal ... diesmal wartet sie auf ihn.

Kapitel 4

Ennio wartete, bis Mariasole sich den leichten Sommerschal um den Hals gelegt hatte, und umarmte sie dann fest. »Das war dein bester Auftritt bisher!«

»Das sagst du immer ...« Sie klopfte ihm auf die Brust.

»Dieses Mal stimmt es aber.«

»Das sagst du auch immer«, erwiderte sie gespielt verzweifelt.

Er lachte. Weil er bei Mariasole ganz unbesorgt sein konnte. Und weil er sich freute, dass ihr Auftritt so erfolgreich gewesen war. »Komm, ich begleite dich noch heim, du Star!«

»Musst du nicht ...«

»Will ich aber. Jetzt, wo es noch geht. Irgendwann wirst du so berühmt sein, dass ich nur noch über Pressesprecher an dich rankomme.«

»Der Zug ist abgefahren.«

»Sag das nicht. Es ist nie zu spät.«

»Das sagst gerade du.«

Sie standen vor dem Lokal in der lauen Sommernacht. Capri schlief noch nicht. Passanten spazierten, Romantiker blickten den Mond an, Nostalgiker das Meer. In welche Gruppe sie wohl gehörten? Ennio hielt ihr den Arm hin. Sie hakte sich unter und gemeinsam machten sie sich auf den Weg.

»Was meinst du jetzt damit?« Er bezog sich auf ihre letzte Frage. Die hatte dumpf in ihm nachgehallt. *Das sagst gerade du* ... hm ...Wieso das denn?

»Du meinst doch auch, dass der Zug abgefahren ist.«

»Welcher Zug?« Er verstand wirklich nicht.

»Na, der Beziehungs-Zug, du Blödi! Frauen aus aller Welt liegen dir zu Füßen und du lässt sie abblitzen, weil du nicht mehr glaubst, dich verlieben zu können. Das ist so schwachsinnig!«

Oh. Demnach hatte sie gesehen, wie er die Blondine freundlich abgewiesen hatte ... Er stand nicht auf so direkte Anmache. Die törnte ihn eher ab als an. Er war immer noch gerne der, der den ersten Schritt machte. Ganz traditionell und ... na ja, veraltet vielleicht.

»Ja, und was ist mit dir? Du lässt dich doch auch auf keinen Mann mehr ein.« Angriff war noch immer die beste Verteidigung.

Sie erreichten gemächlich die enge Gasse, in der Mariasole lebte. Sie trug seine Sandalen. Das hörte er am Geräusch, das die Sohle auf dem Pflasterstein verursachte. Vorhin, auf der Bühne, hatte er gar nicht so genau hingesehen.

Sie hielt an, sodass auch er stehen bleiben musste. Der schwache Schein der Beleuchtung zauberte Schatten in Mariasoles Gesicht. Traurige Schatten.

»Bei mir ist das was anderes. Und das weißt du.« Sie ging weiter. Ohne ihn.

Er eilte ihr hinterher. »Tut mir leid. Hey, Mari, komm schon. Bleib stehen. Du hast ja recht!« Es war nicht seine Absicht gewesen, sie zu verletzen. Sie hatte es schlimmer getroffen als ihn. Immerhin war bei ihrer letzten, wichtigen Beziehung ein Kind entstanden. Ein Kind, das jetzt ohne Vater aufwachsen musste. Weil der Vater ein riesiger *stronzo* war.

Ennio erreichte sie, hielt sie an der Schulter fest, drehte sie bestimmt zu sich. Er holte tief Luft, um sich noch mal zu entschuldigen. Aber Mariasoles Gesichtsausdruck passte irgendwie nicht in die Situation. Sie prustete los.

»Du bist schon eine dumme Kuh, weißt du das?« Er lachte mit.

»Ihr Männer seid alle gleich. Schuldgefühle verwandeln euch in zahme Lämmchen.«

»Hey. Ich bin nicht wie alle Männer!«, protestierte er.

Mariasole wurde wieder ernst. »Das stimmt. Und die Frau, die dein Vertrauen und deine Liebe bekommen wird, hat großes, großes Glück.«

Ja. Schade nur, dass es diese Frau bereits gegeben hatte. Und schade auch, dass diese Frau ihn übel hintergangen hatte. Mit einem Liebhaber auf dem Festland. Da blieb er doch lieber allein.

»*No, no, no*. Denk nicht an sie!«

»Tu ich nicht.«

»Tust du doch. Viel zu oft.«

»Was? So spät schon. Musst du nicht heim?« Er blickte übertrieben interessiert auf seine Uhr.

Mariasole seufzte. »Du bist eben doch wie alle Männer!« Lachend ging sie allein weiter.

Und er blickte ihr lange hinterher.

Nein, er war nicht wie die anderen Männer. Manchmal aber wünschte er, es doch zu sein.

• • •

Mariasole nahm vorsichtig den Schal ab, hängte ihn an die Garderobe und ging direkt in die Küche, wo sie sich, wie immer nach dem Singen, einen Apfeltee zubereitete, den sie mit etwas Honig versüßte. Sie wartete geduldig ab, bis der Tee nur noch lauwarm war und nahm ihre Tasse mit nach draußen.

Im Haus war es ruhig. Bis auf das Schnarchen ihres Vaters. So friedlich mochte sie es am liebsten. Ja, sie liebte die Ruhe, brauchte sie regelrecht, nach den Auftritten besonders. Sie brauchte das Bodenständige. Sie musste ihrem Körper erlauben, wieder runterzukommen vom Adrenalinrausch.

Vorsichtig setzte sie sich auf den Liegestuhl, den ihre Mutter so sehr liebte und von dem sie sich partout nicht trennen wollte, obwohl er mit der Zeit doch sehr wackelig geworden war. Aber er stand auch für Tradition. Schon seit gut zwanzig Jahren. Sein Platz auf dem Balkon war und blieb ihm sicher.

Mariasole streckte die Beine von sich, nippte am Tee und merkte dabei, wie gut ihr die Flüssigkeit in der Kehle tat. Die wenigsten wussten, wie anstrengend Singen sein konnte.

Sie versuchte, Bilder des Auftrittes vor ihr inneres Auge zu holen. Sie sah sich auf der Bühne, in ihrer gewohnten Haltung: Mikrofon auf halber Höhe (sie entfernte es gerne etwas von den Lippen, weil sie meist zu viel Energie in ihre Stimme legte und die Zuhörer wahrscheinlich sonst alle taub werden würden), rechtes Bein etwas nach vorne, um den Takt anzugeben, linkes Bein ganz normal, linker Arm weit in die Luft gestreckt. Wie eine Antenne, überlegte sie und kicherte. Daran musste sie vielleicht arbeiten. Das sah doch doof aus. Oder? Und doof wollte sie nun wirklich nicht aussehen. Eher ... ja, wie eigentlich? Attraktiv? Kommunikativ? Wie sah man als Sängerin am besten aus?

Fragen über Fragen. Mehr noch als Sterne am Himmel. Die sahen eher ergeben zu ihr hinab. Strahlten dabei aber so wundervoll, wie es eben nur auf Capri möglich war.

Ganz kurz flackerte die Erinnerung an Alfios Vater in ihr auf. Mit ihm hatte sie oft in Capris nächtlichen Himmel geblickt. Er hatte mal zu ihr gesagt, dass sie auf der Bühne sexy wirkte. Inzwischen wusste sie nicht mehr, ob sie das glauben konnte. Er hätte wahrscheinlich so manche Unwahrheit von sich gegeben, um sie zu erobern. Und er hatte es geschafft. Auch wenn sie sich zu Beginn gegen seine Avancen gewehrt hatte. Aber offensichtlich nicht entschlossen genug.

Sie seufzte, trank langsam aus, schloss die Tür, hinter der sie die ganze Geschichte mit Alfios Vater unter Verschluss hielt, und erhob sich.

Ein bisschen fühlte sie sich wie Scarlett O'Hara. In ihr schwoll der Satz »morgen ist auch ein Tag!« an. Aber sie sagte ihn lieber nicht. Denn sie war sich sicher, dass morgen nicht viel anders werden würde als heute. Und all die Tage zuvor.

• • •

Velia hatte – natürlich – kaum geschlafen. Niklas hatte sich die ganze Nacht über nicht auf ihre Nicht-Nachricht gemeldet. Keine Frage, wieso sie ihm nicht geschrieben hatte. Kein Herzchen seinerseits. *Nulla, niente*, gar nichts. Totale, absolute Stille. Und sie begann sie zu hassen, diese Stille, die Niklas immer umgab. Es interessierte ihn nicht, warum sie ihm nicht geschrieben hatte. Schlimmer noch, war er wahrscheinlich einfach so eingeschlafen. Ganz sorglos. Und gleichgültig.

Ihr wurde fast schlecht vor Wut und angestauter Enttäuschung. Das konnte doch nicht sein!

Da, das Handy läutete. Sie hechtete zum Nachttisch, wo es vibrierend lag. Ihr Herz klopfte vor Freude und Erleichterung. Sie ging sofort ran, sicher, dass Niklas endlich bemerkt hatte, dass sie am Abend zuvor nichts von sich hatte hören lassen. Bestimmt sorgte er sich inzwischen um sie. Sicher hatte sie umsonst die ganze Nacht wach gelegen. Sicher!

»Ja?«, hauchte sie atemlos.

»Habe ich dich geweckt?«

Irritiert versuchte Velia, die Stimme einzuordnen, die ihr zwar bekannt vorkam, aber ... unerwartet bekannt. Sie hielt das Handy vors Gesicht. Las den Namen. Setzte sich. Um die Enttäuschung besser tragen zu können.

»Nein, nein, *zia*.« Sie hatte ihre Tante Franca am Hörer. Das musste sie erst mal verdauen.

»Tut mir leid, dass ich mich so früh melde. Aber, du weißt, sobald Salvo wach ist, komme ich zu nichts mehr.«

Velia suchte in ihrem Gehirn, ob sie einen Salvo kannte. Schwach glaubte sie, sich daran zu erinnern, dass ihre Tante bei einem alten Mann gearbeitet hatte. War das Salvo? Musste sie das interessieren?

»Wirklich, *zia*, ist gar nicht schlimm. Wie geht es dir?«

»Gut, mein Herzchen, und dir?«

Beschissen. Aber das behielt sie lieber für sich. Eine Antwort wurde aber offensichtlich eh nicht von ihr erwartet. Franca jedenfalls sprach einfach weiter. »Du, im Laden unten, du weißt schon, bei den Sandalen, ist eine Stelle frei. Nur den Sommer über. Hast du Lust? Brauchst du überhaupt Arbeit?«

Es ratterte nur ganz, ganz langsam in Velias Kopf. Sandalen verkaufen auf Capri. Den Sommer über. Nun, es gab sicherlich Schlimmeres.

»Ennio bezahlt gut«, erklärte *zia* weiter.

Wer jetzt genau Ennio war, das wusste Velia ebenfalls nicht. Aber sie wusste, dass sie bis gestern Abend noch abgelehnt hätte. Wegen Niklas. Wegen ihrer Besuche bei ihm.

»Ich habe auf jeden Fall Interesse. Muss ich zu einem Vorstellungsgespräch kommen?«

»Nee. Ich garantiere für dich.«

Velia schluckte, dachte an den Vorabend, den sie mit Piera auf der Piazza verbracht hatte, und daran, dass sie es gewusst hatte: Ein Wendepunkt war erreicht. Dass Capri der Wendepunkt sein würde, das hatte sie natürlich nicht gewusst. Aber, hey, Menschen aus aller Welt träumten ein Leben lang, einen Sommer auf der Insel verbringen zu können, ohne dass sich der Traum jemals erfüllte. Und sie konnte hin. Einfach so. »Wann kann ich anfangen?« Belebende Aufregung nahm von ihr Besitz. Das fühlte sich gut an.

»So früh wie möglich. Wohnen wirst du selbstverständlich bei mir. Mein Gästezimmer freut sich auf dich. Und ich erst recht!«

Velia überlegte fieberhaft. Schaute auf die Uhr. Fähren gingen fast stündlich nach Capri. Wenn sie schnell packte, dann ... »*Zia*, ich komme gleich heute!«, beschloss sie daher.

»Wirklich?«

»Ja, wirklich!«

Sie hörte einen Jubelschrei. Und in ihr drin, da jubelte ein großer Teil mit. Und den kleinen, winzigen Teil, der sich ein bisschen sträubte, versuchte sie zu ignorieren.

Das war gut. Es war alles gut.

Sie bedankte sich bei ihrer Tante und legte auf.

Gleich darauf geriet sie aber in Panik. Hatte sie gerade wirklich zugesagt? Ohne sich tausend Gedanken zu machen? Ohne das mit Niklas zu vereinbaren, zu besprechen, zu diskutieren?

Große Güte!

Sie lief rüber zum Zimmer ihrer Eltern, die noch schliefen, riss die Tür auf. Ihre Eltern fuhren erschrocken hoch. Velias Vater sah urkomisch aus, mit seinem abstehenden Haar und dem wirren Blick. Ihre Mutter hingegen wirkte so frisch, als hätte sie gar nicht geschlafen.

»Was ist?«, fragten sie beide besorgt.

»Ich fahre nach Capri!«, schrie sie fast und lief wieder zurück in ihr Zimmer, wo sie gleich anfing, ihre Tasche zu packen. Was zog man denn so an, auf Capri?

Aufgeregte Schritte. Dann erschien auch schon ihre Mutter in der Tür. Sie sagte nichts. Half ihr nach einigen Augenblicken einfach so beim Packen. Velia ließ es zu.

Als nichts mehr in die Tasche passte, setzte sie sich aufs Bett. Ihre Mutter tat es ebenso.

»Willst du denn gar nicht wissen, was ich auf Capri will?«

Ihre Mutter fuhr sich über das Bein, entfernte unsichtbare Fusel vom Schlafanzug. »Nein. Ich nehme an, meine Schwester ist dafür verantwortlich. Ich vertraue ihr. Und mehr noch vertraue ich dir.«

Da war ihre Mutter ihr aber einen deutlichen Schritt voraus.

»Es reicht mir, diesen neuen Lebensmut in dir zu sehen. Du wirst schon das Richtige machen.«

Velia umarmte ihre Mutter kurz. Das war so angenehm. Und so früh am Morgen noch nicht mit dem Geruch nach Chlorbleiche verbunden.

»Soll ich *papà* aus dem Bett jagen? Damit er dich zum Hafen fährt?«

»Das wäre toll, *grazie*.«

Als Velia wieder allein im Zimmer war, nahm sie sich einen Moment, um bewusst an Niklas zu denken. Und daran, was ihre Entscheidung, einen Job für den Sommer anzunehmen, konkret für ihre Beziehung bedeuten würde. Denn eines war klar: Sie konnte diese Arbeit nicht mal so eben unterbrechen, weil sie ihren Freund besuchen musste …

Sie nahm ihr Handy zur Hand. Es war acht Uhr. Niklas war bestimmt schon lange wach. Sicherlich hatte er den Stall bereits ausgemistet. Normalerweise klingelte sein Wecker um fünf Uhr morgens. Und in drei Stunden hatte er es nicht geschafft, sich bei ihr zu melden, um sich zu erkundigen, warum sie am Abend zuvor keine Nachricht geschickt hatte.

Das war entmutigend, ganz ehrlich!

Was, wenn ihr etwas zugestoßen wäre? Was, wenn sie einen Unfall gehabt hätte? Oder einem Gewaltverbrecher zum Opfer gefallen wäre? Interessierte das ihren Freund nicht die Bohne?

»Velia, komm frühstücken!«, rief ihre Mutter aus der Küche.

Sie holte tief Luft. Stand auf. Stellte sich vor den Ganzkörperspiegel. Was sie sah, war eine junge Frau, der man ihre fünfundzwanzig, fast sechsundzwanzig Jahre im Moment alle ansah. Sie sah eine Frau mit guter Figur, mit hellen Augen und mit hellem, langem Haar, was sie den guten Genen ihres Vaters zu verdanken hatte. Sie sah aber noch viel mehr im Spiegel. Diese neue Entschlossenheit. Den Willen, aus der Schwebe zu entkommen. Den Willen, ihr Leben wieder in die Hand zu nehmen.

Capri war vielleicht nicht das Ziel. Aber ganz bestimmt war die Insel ein Schritt, ihrem Ziel näherzukommen. Sie hatte lange genug drauf gewartet, dass jemand ihr den Weg, die Entscheidungen abnahm. Jetzt hatte sie die Schnauze aber voll.

Nachdem sie gefrühstückt und noch auf Piera gewartet hatte, die sich unbedingt von ihr verabschieden wollte, wurde sie von ihrem Vater zum Hafen gefahren, was länger gedauert hatte als geplant.

Sie erwischte die Fähre nur knapp. Konnte auch erst wieder entspannen, als sie auf offener See waren. Das Meer umgab sie funkelnd. Die Sonne kitzelte die Oberfläche. Von Posillipo aus hatte sie so oft auf Capri geschaut. Und die Insel war, wie das Meer, fast zu einer banalen Selbstverständlichkeit mutiert. Das passierte manchmal, wenn man sich nicht ab und an vor Augen hielt, wie gigantisch schön und einzigartig das Umfeld war, in dem man sich befand. Heute war sich Velia der

Schönheit bewusst. Und die Schönheit schwappte auf sie über, erfüllte sie, rührte sie beinahe zu Tränen. Eine Stunde würde die Überfahrt in etwa dauern. Zeit, sich zu sammeln, Zeit, sich mental auf ihr neues Leben vorzubereiten.

Sie freute sich. So sehr. Das hatte sie gar nicht erwartet. Sie hätte hingegen Gewissensbisse erwartet. Niklas gegenüber. Weil sie diese Entscheidung getroffen hatte, ohne vorher mit ihm darüber zu reden. Nun, Pech für ihn. Hätte er sich gemeldet ... vor ihrer Abreise ... dann hätte sie sich vielleicht noch umentschieden. Jetzt aber war es zu spät.

Capri wartete auf sie.

Ein neuer Job wartete auf sie.

Ein neues Leben wartete auf sie. Das war ihre Chance. Und sie würde, verdammt noch mal, das Beste draus machen.

»Wunderschön! Diese Sandalen sind ein Traum!«

»Ich habe sie eigens für Sie hergestellt.«

Sie blickt überrascht auf. Ihre wahnsinnig schönen, hellen Augen brennen ihm ein Loch ins Herz.

»Das haben Sie?«

Er nickt.

»Aber ... wie ...?« Sie bringt die Frage nicht zu Ende.

»Ich wusste es einfach.«

Kapitel 5

Ennio schälte sich aus der Decke, die er sich übergeworfen hatte. Er war leise, vorsichtig. Wollte Salvo nicht wecken, der endlich, endlich fest schlief. Er erhob sich lautlos vom Sofa, das ganz nah an *zio* Salvos Bett stand, und ging in die Küche, angelockt vom Kaffeeduft.

Franca stand gedankenverloren am Herd.

»*Buongiorno*«, grüßte er und streckte sich.

Die Frau drehte sich zu ihm, schenkte ihm ein Lächeln. »Schwierige Nacht?«

Er nickte. Unterdrückte ein Gähnen.

»Hatte er Schmerzen?«

Ennio zog sich den Stuhl zurecht, setzte sich drauf. »Nein. Gott sei Dank nicht. Er hatte einfach nur ein großes Bedürfnis, sich mitzuteilen. Er hat erzählt und erzählt. Von Prinzessinnen und Piraten. Und er war sauer auf mich, weil ich immer die falsche Antwort gegeben habe.«

Franca nickte wissend und schenkte ihm Kaffee ein, reichte ihm wortlos die Tasse.

Sie setzte sich schließlich zu ihm. Legte ihre warmen Hände über seine. »Du weißt, ich könnte mit Edmondo die Nachtschicht übernehmen.«

Ennio lehnte sich zurück. Er mochte das, wie Franca ihre Hände über seine gelegt hatte. Sie schaffte immer, dass er sich beschützt fühlte. Obwohl er mit fünfunddreißig sicherlich nicht mehr beschützt werden musste. Aber manchmal ... da hatte auch ein Mann das Bedürfnis, sich anzulehnen, sich kurz fallen zu lassen. Und Franca hatte ein bisschen den Platz seiner *mamma* eingenommen. Denn obwohl seine Mutter nach dem Tod seines Vaters nur beschlossen hatte, aufs Festland zu ziehen, so hatte sie doch eine große Lücke hinterlassen. Die Franca sehr sensibel füllte. Jeden Tag aufs Neue.

Franca bot das schon lange an, dass sie mit ihrem Mann auch die Nachtschicht übernehmen könnte. Bisher hatte Ennio diesen Vorschlag stets abgelehnt. Nicht, weil er die Hilfe nicht brauchte. Er war sogar der Meinung, dass Franca es brauchte, mal *nicht* bei ihnen zu sein. Wenigstens nachts. Sie musste sich doch ein Privatleben wünschen! Gemeinsam mit ihrem Mann.

»Ennio, denk nicht immer so viel nach, Junge. Es ist in Ordnung. Ich will es. Du zwingst mich ja nicht dazu.« Sie sprach ganz leise. Nahm die Hände von seinen.

Er trank seinen Kaffee. Stellte das Tässchen wieder ab. Hob den Blick. Obwohl Franca ihm gerade gesagt hatte, dass er sich nicht immer so viele Gedanken machen brauchte, so dachte er doch daran, wie viel Arbeit im Laden auf ihn wartete. Wenn er nicht jeden Tag neue Sandalen herstellte, würde er in Schwierigkeiten kommen. Klar, er hatte im Lager Reserven, die lange ausreichten. Dennoch. Im Sommer verkaufte er bis zu fünfzehn Paar am Tag. Da reichten auch gigantische Vorräte nicht ewig. Und um das alles geregelt zu bekommen, musste er einen klaren, ausgeruhten Kopf haben. Was nach schlaflosen Nächten aber leider nicht gegeben war.

»In Ordnung«, willigte er schließlich seufzend ein. Er brauchte Franca einfach. »Dein Gehalt wird natürlich dementsprechend angepasst.«

Sie schüttelte den Kopf. »Ich will nicht mehr Geld. Es geht mir nicht darum. Ihr seid meine Familie geworden. Das weißt du.«

Ja. Das wusste er. Franca hatte keine Kinder. Trotzdem. »Da lasse ich gar nicht mit mir diskutieren!«

Franca schüttelte den Kopf. »Wenn es denn sein muss, dann gib meiner Nichte etwas mehr.«

»Heißt das, sie hat angenommen?«

Die Augen der Frau leuchteten, ihr Gesicht verwandelte sich, der Ausdruck war jetzt aufgeregt. »Sie hat nicht nur angenommen, sie kommt auch schon heute.«

»Heute?«

Franca nickte. Und lachte dann laut. »Sie ist ein bisschen verrückt.« Sie zeigte mit dem Finger, dass ihre Nichte eine Schraube locker hatte. »Aber sie ist tüchtig.«

Na herrlich, überlegte Ennio. Eine verrückte Verkäuferin ... Das konnte ja heiter werden.

»Edmondo holt sie später vom Hafen ab. Ist es okay, wenn sie nachmittags schon mal in den Laden kommt? Damit du sie einarbeiten kannst.«

»Ja, das ist gut. Mariasole ist ja noch da. Die kann ihr zusätzlich noch von ihren Erfahrungen im Schuhverkauf berichten. Kann ja nicht schaden, mehr als eine Stimme zu hören.«

»Fein. Ich freue mich. Ich habe ein wirklich gutes Gefühl.«

Ennio holte sich Kekse aus der Anrichte und Milch aus dem Kühlschrank. Ja, auch er hatte irgendwie ein gutes Gefühl. Warum auch immer. Dann aber begann *zio* Salvo aufgebracht zu rufen und das gute Gefühl war wie weggeblasen. So plötzlich, dass es für einen Augenblick wie eine Feder in der Luft verharrte, bevor es ganz verschwand.

»Ich gehe schon«, bot Franca sofort an.

Ennio nahm dankbar an. Er hatte versprochen, sich um seinen Großonkel zu kümmern. Er hatte es vor allem sich versprochen. Ein Altersheim war für ihn noch nie eine Option gewesen. Doch er begann zu spüren, dass diese Möglichkeit sich allmählich ganz klar am Horizont zeigte. Die ärztliche Versorgung war mit dem winzigen, hoffnungslos überforderten Krankenhaus auf der Insel einfach nicht ideal. Und *zio* Salvo brauchte mehr als Liebe.

Mit diesen trüben Gedanken schloss Ennio nach einer ausgiebigen Dusche den Laden auf. Mariasole kam nur wenige Minuten später. Sie hatten ein sehr lockeres Arbeitsverhältnis. Sie kam eben, sobald Alfio versorgt war. Das konnte stark variieren. Je nachdem, wie weit der Junge bereit war zu kooperieren.

»Mh. Ich liebe den Duft deines Duschgels«, war das Erste, was er von ihr hörte. Sie schmiss ihre Tasche hinter die Theke und fuhr sich durchs Haar, das sie immer gerade so lang trug, dass es ihre Ohren bedeckte. Weil sie sie zu klein fand, wie er wusste.

Ennio roch an seinem Arm. War sich gar nicht bewusst gewesen, dass sein Duschgel nach *irgendetwas*, geschweige denn *gut* roch.

»Dir auch *buongiorno!*«, zog er sie auf.

»*Buongiorno?* Gar nicht. Alfio hat die gleichen Füße wie sein Vater ... Das habe ich erst eben wieder bemerkt, als ich ihn angezogen habe.« Mariasole rollte mit den Augen.

Ennio schüttelte amüsiert den Kopf. Was wäre sein Arbeitstag ohne ihre Heiterkeit und Ironie?

»Hast du gut geschlafen? Nach dem Auftritt, meine ich?«

Dass sie nach dem Singen immer nur schwer wieder runterkam, war kein Geheimnis. Meist entstanden dann, um die Schlaflosigkeit zu überbrücken, irgendwelche philosophisch angehauchten Facebook-Posts, über die sie sich am Tag darauf halb schieflachten. Er hatte noch keine Zeit gehabt, auf ihr Profil zu schauen.

»Ich hatte zwei Apfeltees. Den ersten mit Honig. Den zweiten mit Rum.«

»Spinnst du?«

Mariasole lachte. »Nur so wenig.« Sie zeigte mit Daumen und Zeigefinger, wie viel Rum sie getrunken hatte. Praktisch gar nichts.

»Das letzte Mal, als du so viel Rum ...«, er zeigte jetzt ebenfalls mit den Fingern eine Menge an, »getrunken hast, bist du mit Alfios Vater zusammengekommen. Du weißt, welche Wirkung das Zeug auf dich hat.« Mariasole und Rum. Das war keine gute Kombination.

»Das stimmt so nicht.«

Er zog nur die Augenbrauen hoch und sah sie an.

Sie schwieg lieber.

Sie hatten so oft, so lang und so viel über Alfios Vater gesprochen.

Bis sie dem nichts mehr hinzuzufügen gehabt hatten. Ennio wusste, dass sie dem Mann komplett verfallen gewesen war. Er war einerseits glücklich für seine beste Freundin. Denn sie hatte eine große, alles einnehmende Liebe erleben dürfen. Und das konnte nicht jeder von sich behaupten. Andererseits hätte er ihr gerne den Schmerz erspart, als sie erkennen musste, dass diese große, alles einnehmende Liebe einseitig gewesen war. Was er schon vom ersten Augenblick vermutet hatte. Er hatte Alfios Vater nie über den Weg getraut.

»Aber übermorgen denkst du an das Konzert auf der Yacht, ja? Da können wir danach ja noch weg oder so. Damit ich nachher besser einschlafen kann. *Va bene?*«

Er suchte wieder angestrengt nach Ausflüchten, die er ohnehin nie fand. Also ließ er es gleich bleiben und gab sich geschlagen. Er nickte irgendwann. Denn eigentlich war ein Abend auf einer Yacht gar nicht so schlecht, oder?

»Und Karte nicht vergessen. Sonst kommst du nicht an Bord.«

»Ich hab's dir gesagt. Irgendwann komme ich nur noch über Agenten an dich ran.«

Sie machte eine wegwerfende Handbewegung und lachte. Aber er merkte am Funkeln in ihren Augen, dass auch sie dran glaubte.

Noch. Noch war ihre Hoffnung nicht erloschen. Und er würde alles daransetzen, dass es auch niemals dazu kam.

Oh, Francas Nichte fiel ihm plötzlich ein. »Die neue Verkäuferin kommt heute übrigens.«

»Heute schon? Das ist ja genial!«

»Kannst du sie nachmittags ein bisschen einarbeiten?«

»Klar. Total gerne. Wie heißt sie denn? Wie alt ist sie? Wie sieht sie aus?«

»Weiß ich nicht, weiß ich nicht und weiß ich nicht.«

Mariasole rollte übertrieben mit den Augen und verschränkte die Arme vor der Brust. Anklagend. »Ich bin mir ziemlich sicher, dass du der einzige Arbeitgeber auf Erden bist, der über sein Personal genau gar nichts weiß.«

»Das würde ich jetzt so nicht sagen. Über dich, zum Beispiel, weiß ich alles.«

»Was bist du eigentlich heute so nervig?«

»Ich?«

Er lachte. Konnte gar nicht anders. Dann aber betraten die ersten Kunden den Laden und er machte sich an die Arbeit.

• • •

Capri, mit ihrem einladenden Hafen, war traumhaft. Ein Gedicht. Ein Gemälde. Beides zusammen. So viel Kunst, so viel Poesie. So viel Hoffnung. Unter Capris Sonne. Dicht am Meer.

Es war schwierig, eine derartige Ansammlung an Superlativen aufzunehmen, geschweige denn zu verarbeiten. Das Blau des Meeres, das Grün der Mittelmeervegetation dicht dahinter, das Grau der Steilhangküste. Diese in sich vollkommene Form der Insel. Mit der Sonne, die sanft ihre Strahlen auswarf und alles noch schöner, noch besser, noch wärmer machte, und die vordrang bis in die Herzen aller. Und die Häuser, die wie heitere, nur scheinbar zufällig platzierte Farbtupfer in einem Gemälde wirkten, vor dem man nur den Mund und die Augen weit aufreißen konnte. Vor Erstaunen. Vor Freude. Vor Rührung. Ja, auch das. Alles war so nah an der Perfektion dran. Als hätte man die größten Kunstwerke der Welt nebeneinandergestellt: die Mona Lisa neben die Venus neben den Adam neben Jesus bei seinem letzten Abendmahl.

Überwältigend.

Velia fiel kein anderer Ausdruck ein, der auch nur annähernd an ihren Gemütszustand herankam. Sie hatte ein Kopftuch umgebunden und eine Sonnenbrille aufgesetzt und kam sich damit vor wie eine Diva aus den Fünfzigerjahren. Schade, dass sie keine hübsche Handtasche, sondern nur ihren Rucksack und ihre Reisetasche dabeihatte. Ihr Look war nicht perfekt, das wusste sie. Dafür war es aber der ganze Rest, der sie umgab. Der sanfte Wind, der sie an Deck erreichte. Der Duft nach Meer, nach Sommer, nach schönen, magischen Momenten. Und sie war mittendrin. Sie würden gleich anlegen. Und sie würde Capri mit der Gewissheit betreten, für eine ganze Weile Teil dieser Insel sein zu dürfen.

Es war natürlich nicht das erste Mal für sie auf Capri. Trotzdem war auch für waschechte Neapolitaner diese Insel so etwas wie ein Traum. Als hätte jemand Neapels Essenz genommen, multipliziert und potenziert und, *schwupp*, einfach so ins offene Meer geworfen, wo sie vor sich hin blühte, gedieh und jeden Tag wundervoller, exklusiver und unerreichbarer wurde.

Velia wusste nicht, ob die Gedanken der anderen Menschen an Bord ihren ähnelten. Ob sie sich der berauschenden Schönheit der Insel bewusst waren. Neben ihr stand ein nicht mehr ganz junges Paar. Touristen offensichtlich. Sie blickten wie verzaubert auf Capri. Und Velia liebte das Bild, das die beiden abgaben. Sie liebte diese Vertrautheit zwischen ihnen. Seine Hand an ihrer Schulter. Ihre Hand an seinem Bein. Sie waren so wunderbar anzusehen, dass Velia kurz versucht war, das Paar anzusprechen. Dann aber begann die Fähre zu manövrieren und sie musste sich festhalten und verlor dabei das Paar aus den Augen. Sie bedauerte das sehr. Als hätte sie gute Freunde aus den Augen verloren. Sie hatte wohl viel zu sehr ihre eigenen Sehnsüchte wie wahr gewordene Träume an den beiden wiederentdeckt. Sie schüttelte diese Gedanken ab. Schnell. Bevor sie sie traurig machen konnten.

Velia ging den ersten Schritt an Land. Ihr Herz pochte dabei, weil es wohl mitbekommen hatte, wie wichtig ihr dieser kleine und zeitgleich doch so große Schritt war.

Sie mochte es, wie lebendig alles um sie herum war. Wie ein aufgeregter Ameisenhaufen wirkten die Menschen um sie herum. Sie suchten sich ihren Weg vom Hafen weg. Zu ihren Unterkünften? Zur Seilbahn? Zum Bus? Zu den lustigen Taxis, die keine einheitliche Farbe hatten, aber fast alle Cabriolets waren? Sie wusste es nicht. Aber die Freude all dieser Reisenden war greifbar. Capri versprühte Magie. Das Meer und die Sonne halfen dabei.

Sie begann sich nach ihrem Onkel Edmondo umzusehen. Sah ihn. Winkte. Ging auf ihn zu.

Er lächelte breit. Wirklich, sein Lächeln war so breit wie bei keinem anderen Menschen, den sie kannte. Velia war sich sicher, dass er damit ins Guinnessbuch der Rekorde gelangen konnte. Und es war auch ansteckend, sein Lächeln. Sie versuchte ihn zu imitieren. Es gelang ihr vermutlich nicht spiegelgleich. Aber es fühlte sich gut an.

»*Benvenuta a Capri!*«, sprach der kleine Mann feierlich und umarmte sie fest und herzlich.

Es war ein Satz, den ihr Onkel wahrscheinlich ausgesprochen hatte, ohne groß darüber nachzudenken. Und doch berührten Velia diese Worte sehr. Fast glaubte sie, Fanfaren zu hören. Es fehlte nur ein roter Teppich.

»*Grazie, zio.*« Sie ließ es zu, dass er ihr die Tasche abnahm. Und für einen törichten, verspielten Moment versuchte sie sich vorzustellen, wie es wohl wäre, wirklich mit Fanfaren und rotem Teppich empfangen zu werden.

Als sie sich aber vor dem Eingang zur *funicolare*, Capris Seilbahn, befand, kam sie allmählich wieder auf den Boden der Tatsachen an. Der bogenförmige Eingang, der gleich am Hafen Marina Grande lag, erinnerte doch sehr an einen allzu irdischen Bahnhof. Nur, dass er viel kleiner und ziemlich voll war.

»So geht es am schnellsten«, erklärte ihr Onkel entschuldigend.

Aber er brauchte gar nichts erklären. Sie kannte das schon. Nur war sie heute so enthusiastisch angekommen, dass sie es beinahe vergessen hatte, wie praktisch es dann doch war, mit der Seilbahn zur Piazzetta hochzufahren.

Nach zehn Minuten Wartezeit und vier Minuten Fahrt waren sie auch schon oben. Das lag vor allem daran, dass ihr Onkel sich ungeniert durch die Menge drängelte. Und sie konnte nicht anders, als ihm zu folgen. Velia atmete tief ein. Obwohl ihr Onkel ihr vorauseilte, nahm sie sich doch einen Augenblick, um den Ausblick von hier oben zu genießen. Es war einfach gigantisch! Meer rundherum. Himmel rundherum. *Capri, ti amo*, rief sie stumm aus.

»Franca ist bei der Arbeit«, erklärte ihr Onkel ihr, als sie das Haus erreichten, das sich pittoresk und sehr typisch in einer Gasse befand. Eine rote Bougainvillea wuchs wuchtig an der Hauswand empor und schien mit jeder Blüte freundlich *benvenuta* zu ihr zu rufen.

Er sperrte auf, betrat das Haus und Velia folgte ihm. Sie hatte es noch gut in Erinnerung. Es war sicher kein Palast, aber es war sehr, sehr einladend.

»Sie hat gesagt, du sollst dich erst mal einrichten. Sie hat auch gesagt, dass ich dir den Hausschlüssel geben soll.« Er überreichte ihn ihr. Ein bisschen feierlich vielleicht. »Komm, ich zeige dir dein Zimmer.«

Sie folgte ihm.

»Ich hoffe, es macht dir nicht aus, dass wir, also, deine Tante und ich, nicht sehr oft da sein werden.«

»Nein, keine Sorge. Ich werde ja vermutlich auch viel arbeiten und kaum hier sein.«

»Ich denke, wir werden auch nachts nicht da sein. Ist das schlimm?«

»Überhaupt nicht.«

»Deine Tante meint, es ist notwendig, bei dem alten Mann zu schlafen, um den sie sich kümmert.«

Oh. Franca unterstützte ihren neuen Arbeitgeber, wenn sie sich recht erinnerte. Sie nahm sich vor, die ganzen Zusammenhänge bald herauszufinden.

»Komm, ich zeig dir was!«

Neugierig folgte sie ihrem Onkel durch den Flur. Sie sah eine Wendeltreppe, an die sie sich gar nicht erinnern konnte. Ihr Onkel stieg vorsichtig hoch, öffnete eine Fensterluke, die so groß war, dass er durchpasste.

Eine Dachterrasse?

Velia stieg ebenfalls durch. War aber nicht vorbereitet auf die Schönheit dieses winzigen Fleckchens, mitten drin in Capris Herzen.

Die Dachterrasse war schön ausgebaut und teilweise sonnengeschützt. Blumen schmückten das kleine Geländer und Teile einer Wand. Ein runder Tisch und eine Liege standen einladend bereit.

Was aber wirklich perfekt an der Dachterrasse war, befand sich noch nicht mal direkt *auf* der Terrasse. Es war der Himmel, dem sie so nah war, es war das Meer, das sie durch eine leichte Brise auch hier oben erreichte, es waren die anderen Dächer, es war die Piazzetta, die sie wunderbar beobachten konnte.

Es war perfekt. Alles war perfekt.

»*Capri, ti amo*«, rief sie. Diesmal laut.

Und ihr Onkel lachte, weil sie es auch tat.

Sie war so glücklich wie seit Ewigkeiten nicht, streckte die Arme in die Höhe und, ja, sie schaffte es, den Himmel zu berühren. Irgendwie.

• • •

Was für eine Nacht! Niklas war erschöpft. So erschöpft wie ein Kleinkind, das an Übermüdung litt. Er war angespannt. Von den Haarspitzen bis in die Zehen. Und er kannte sich: Jetzt musst er sich erst mal einkriegen. Sonst konnte es gut passieren, dass er ein Spielzeug an die Wand schmiss, oder in Windeln schreiend durchs Haus lief. Nein, das wohl eher nicht. Aber irgendetwas Vergleichbares in einer adaptierten Erwachsenenversion.

Um das zu verhindern, nahm er sich vor, in aller Ruhe zum Teich zu spazieren, den er gemeinsam mit seinem Vater schon vor Jahren in einem etwas abgelegenen Eck des Anwesens angelegt hatte. Er brauchte ein paar Momente, die er nur mit stiller, einsamer Natur teilen wollte.

Niklas verließ den Stall, war sich des Geruchs, der an ihm haftete, an diesem Tag besonders bewusst – das Antibiotikum hatte bei Dora natürlich Durchfall verursacht. Und er hatte es nicht immer geschafft, sich rechtzeitig in Schutz zu bringen. Ja, so war das mit den Tieren. Er zuckte mit den Schultern. Ihm war das eh klar.

Eine Weile lang setzte Niklas nur einen Fuß vor den anderen, lauschte seinem regelmäßigen, tiefen Atem. Dem Wind, der die Baumspitzen zum Rascheln brachte. Den Bienen und den Hummeln, die weiterhin fleißig ihre Arbeit verrichteten. Es gab nichts, das auf ihn eine entspannendere Wirkung hatte als die Ruhe auf seinem Hof. Er ging so lange weiter, bis er den Teich erreichte, wo er sich auf die kleine Holzbank fallen ließ, die an einem Ufer stand.

Er streckte die müden Beine von sich. Legte seine langen Arme hinter den Nacken und verschränkte die Hände. Er sah hoch in den Himmel. Es war bewölkt, er musste aber trotzdem blinzeln. Weil, die Sonne war ja trotzdem da.

Wie Velia. Die war auch trotzdem da, auch wenn er sie nicht sehen konnte. Es überraschte ihn ein wenig, wie sehr er sie in diesem Moment vermisste. Hätte er sein Handy nicht auf dem Nachttisch vergessen, er hätte sie jetzt direkt angerufen. Ein bisschen schimpfte er mit sich selbst. Es ärgerte ihn, wie unaufmerksam er war.

Vielleicht war es an der Zeit, Velia doch mal zu besuchen. Das Leben, die Chancen, konnten so schnell vorbei sein, oder vorüberziehen.

So wie Dora.

Sie hatte die Nacht nicht überlebt.

Und Niklas hatte es satt. Denn auch sein Leben befand sich in der Schwebe. Er wollte Familie. Er wollte Kinder. Er wollte seinen Hof. Er wollte, dass die Frau an seiner Seite das auch wollte. Und überhaupt. Er wollte alles. Und das war zu viel.

Er machte Entspannungsübungen. Rollte den Kopf hin und her.

Dann stand er auf.

Er musste mit Velia sprechen. Jetzt war ein guter Moment. Also eilte er zurück zum Hof.

Seine Mutter stand am Stall. Winkte aufgeregt. Das Herz rutschte ihm in die Hose.

Noch bevor er sie sprechen hörte, wusste er bereits Bescheid.

»Die Gudrun hat's auch erwischt ...«

»Sie sind perfekt!«, schwärmt sie und dreht und wendet sich vor dem Spiegel.
Sie ist perfekt, denkt er und verliebt sich hoffnungslos, heftig und halsbrecherisch in sie.

Ihre bildschönen Füße in seinen Sandalen ...

Er hat davon geträumt, von der Frau, die seine Sandalen perfekt machen würde.

Doch jetzt, wo sie vor ihm steht, fühlt er sich übermannt.

Was soll er nur anstellen, mit all der Liebe, mit all der Perfektion?

Er weiß es nicht.

Kapitel 6

Velia hatte geduscht, gegessen und ihre Sachen in den Schrank geräumt. Und Niklas hatte sich noch immer nicht gemeldet.

Sein Schweigen war wie tausend Ohrfeigen auf einmal. Andererseits aber klopfte ihr neues Leben so laut an ihre Tür, dass sie es nicht länger im Zimmer aushielt. Sie hatte ausgemacht, dass sie erst am Nachmittag im Laden anfangen sollte. Ihr Onkel hatte ihr genau erklärt, wie sie hinkam. Also hatte sie noch ein Stündchen frei. Die Zeit wollte sie mit einem Spaziergang totschlagen. Um nicht in Versuchung zu geraten, sich doch noch bei Niklas zu melden. Wenn möglich, wollte sie sehen, wie lang er es aushielt, ohne nachzuforschen, was eigentlich mit ihr los war. Den Gedanken, dass bei ihm etwas nicht in Ordnung sein könnte, wischte sie einfach beiseite. Sie hatte sich oft genug selbst dann bei ihm gemeldet, wenn es ihr – egal aus welchem Grund – nicht optimal ging.

Guten Mutes ging sie also los. Sie sah sich um und fand, dass auf Capri sogar die Gassen anders aussahen. Was sie so sehr beeindruckte, war die Vielfalt an Pflanzen, Blumen und Blüten. Überall blühte und grünte es. Selbst in den noch so verborgenen Winkeln. Selbst vor der *pasticceria*, die sie anstrebte und die sie zuvor mit ihrem Onkel entdeckt hatte. Die Konditorei hieß *Dolcetto*, kleine Süßspeise, was sie unheimlich niedlich fand. Deshalb beschloss sie spontan, dort zu halten. Sie wollte etwas Süßes aussuchen. Sie betrat daher das Geschäft und wurde augenblicklich vom süßen Duft eingehüllt und es war schwer, keinen Heißhunger zu verspüren. Sie machte sich dennoch vom Duft los und ließ ihren Blick auf die Vitrine gleiten, die mit ihren bunten *dolcetti* einfach himmlisch aussah. Velia grüßte, näherte sich und entdeckte, dass es neben den traditionellen Süßspeisen der Insel auch Modernes wie Cupcakes, Cookies und Brownies gab. Aber daran war sie nicht interessiert. Sie schob sich vorbei an anderen Gästen und stellte sich an die Seite, die mit Leckereien wie die *Torta Caprese*, oder die *Pinolate*-Kekse angefüllt war. Ihr lief das Wasser im Mund zusammen. Ganz hinten entdeckte sie ein Tablett mit nur noch zwei *Caprilù*-Keksen drauf. Die wurden mit Limoncello hergestellt. Und darauf hatte sie gerade große Lust. Sie liebte Zitrone!

»*Due Caprilù, per favore*«, bestellte sie also.

»Oh, nein, nein, nein. Bitte nicht!«, hörte sie hinter sich sagen. Dann tippte ihr jemand auf die Schulter. Die Verkäuferin hielt inne.

Velia drehte sich irritiert um, sah hoch in das Gesicht eines großen Mannes. Sie wartete ab. Wusste nicht, ob sie nett oder vorsichtig sein sollte.

»Hören Sie, halten Sie mich nicht für unverschämt, aber ... ich kaufe Ihnen alles, was Sie wollen, wenn Sie mir dafür die *Caprilù* dalassen. Die brauche ich ganz dringend.«

Der Mann sah etwas abgehetzt, aber sonst ganz normal aus. Nein, er sah sogar gut aus. Das wollte sie ihm lassen. Aber den ganzen Rest fand sie eher unerhört.

»Was, wenn nicht?«

»Dann muss ich leider bis ans andere Ende der Insel, in die einzige andere *pasticceria*, die *Caprilù* herstellt. Weil, wenn ich nämlich ohne diese – und ja keine anderen – Kekse nach Hause komme, schimpft jemand ganz, ganz arg mit mir.« Der Mann hatte einen flehenden Blick aufgesetzt. Seltsamerweise machte ihn dieser Blick nur noch attraktiver. Velia entdeckte aber viel Aufrichtigkeit darin.

»Na, das kann ich dann wohl nicht verantworten. Nehmen Sie sie ruhig.«

Der Mann schloss vor Dankbarkeit die Augen. »Danke. Wirklich. Von Herzen.«

Velia zog die Schultern hoch. »Ach, schon gut.«

»Was nehmen Sie stattdessen? Ich lade Sie ein.«

Sie winkte ab. »Das ist nicht nötig.«

Er bestand weiter darauf, also nahm sie die *Pinolate*. Sie nahm das Päckchen dankend an.

»Einen schönen Urlaub wünsche ich Ihnen noch.«

»Nein, ich ...« Sie hatte dem Unbekannten noch erklären wollen, dass sie hier auf der Trauminsel nicht ihren Urlaub verbrachte. Aber er eilte bereits davon. Sie bedauerte es. Am Ende hatte der Unbekannte sie doch neugierig gemacht. Warum auch immer.

Sie verließ schließlich die *pasticceria*. Sie überquerte die Piazzetta und stellte sich an den Aussichtspunkt, der mit einem Geländer abgegrenzt war. Der Ausblick war einfach gigantisch und geradezu unbeschreiblich. Das Meer, so tief unter ihnen, hatte wahnsinnig intensive Schattierungen. Man konnte sich nicht daran sattsehen. Und sie verstand all die Touristen um sie herum, die wohlig seufzten und allesamt verträumt wirkten. Velia fühlte sich losgelöst. Genoss das alles sehr.

Endlich packte sie einen Keks aus. Die Oberfläche war mit ganz vielen Pinienkernen geschmückt. Sie fuhr mit dem Finger drüber. Das war so eine Eigenart von ihr. Sie fasste gerne an, was sie aß. Niklas machte sich immer über diese Eigenart lustig.

Ja ... Niklas ...

Sie seufzte ganz, ganz tief und biss endlich in den Keks, der leise krachend auseinanderbrach und gleichzeitig einen verlockenden Duft verströmte. Mh. Himmlisch. Nussig. Süß.

Wenn sie ehrlich war, dann musste sie zugeben, dass sie von sich aus niemals einen *Pinolate* probiert hätte. Demnach musste sie dem Unbekannten sogar noch dankbar sein. Sie überlegte, wer zu Hause wohl mit ihm geschimpft hätte, wenn er die Kekse nicht bekommen hätte. Seine Frau? Seine hochschwangere Frau? Nette Vorstellung, irgendwie.

Velia blickte auf die Uhr und beschloss, sich auf den Weg zu machen. Ihr neuer Arbeitsplatz wartete auf sie. Und sie war neugierig darauf, wo sie konkret die meiste Zeit ihres Sommers verbringen würde.

Sie schlenderte gemächlich die Piazzetta entlang, bog in die Gasse, die ihr Onkel ihr so gut beschrieben hatte, und stand schon wenig später vor dem kleinen Eckladen. Sie blickte hoch zum Schild. Marchetti, stand da in einfachen Lettern auf einem weißen Stück Holz. Neben der Schrift, hübsch skizziert, eine Sandale. Neugierig blickte sie in das Schaufenster. Die Sandalen waren wirklich toll. Sie wunderte sich kurz über die hohen Preise, dann aber berichtigte sie ihren Gedanken selbst. Immerhin waren die Schuhe handgemacht. Alles Leder. Feinste Materialien. Das kostete. Ganz klar.

Sie atmete tief durch und trat ein. »Hallo«, sagte sie, »Ich bin Velia.«

Zuerst hob die Frau, eine Verkäuferin wohl, den Kopf und lächelte ihr zu. Dann hob ein Mann den Kopf, der, mit einer schweren Schürze ausgestattet, hinter einer Theke saß und eine halb fertige Sandale in der Hand hielt.

Der Mann kam ihr bekannt vor. Es dauerte ein paar Augenblicke, bis es *klick* machte.

Der Unbekannte aus der *pasticceria*. Der Unbekannte, der ihr die Kekse vor der Nase weggeschnappt hatte.

• • •

Das war Velia ... Ennio kratzte sich am Kopf. Er hatte sie sofort erkannt. Ihm war das unangenehm, wie sie sich kennengelernt hatten. Und er war ziemlich sauer auf das Schicksal. Er hatte sich wegen *zio* Salvo und seiner Leidenschaft für die *Caprilù* blamiert. Ausgerechnet seine zukünftige Mitarbeiterin auf diese Weise zum ersten Mal zu treffen, das war eher weniger ideal. Danke auch ...

Aber er konnte es ja nun nicht mehr ändern.

Mariasole war, wie immer eigentlich, sehr viel schneller als er und reichte Velia bereits die Hand. »Willkommen auf Capri!«, sagte sie strahlend und umarmte die Neue kurz.

Ennio legte seine Arbeit aus der Hand, erhob sich und ging um den Tresen rum. »Haben sie wenigstens geschmeckt, die anderen Kekse?«, fragte er und gab ihr, ganz offiziell, die Hand.

»Ja. Sehr gut sogar.«

Velias offenes Lächeln brachte ihn kurz ganz durcheinander. Er schluckte die Verwirrung hinunter. »Das ist also unser kleiner Laden ...« Er zeigte mit ausgebreiteten Armen um sich.

»Wirklich hübsch. Muss ich eine Uniform oder irgendetwas Spezielles tragen?«

»Nein. Nur bitte immer die Sandalen.«

»Oh. Ich muss welche kaufen?«

»Aber, nein, suchen Sie sich welche aus.«

»Wirklich?«

»Na klar.«

»Ich habe aber extrem kleine Füße.«

»Wir führen alle Größen ... Mariasole, magst du Velia zeigen, wo sie sich die Sandalen aussuchen kann? Und vielleicht geht ihr kurz hinten ins Lager, damit sie sich auch anschauen kann, wie sie am schnellsten die richtige Größe und Farbe findet?«

»Natürlich, *Chef*.« Mariasole hatte das letzte Wort besonders ironisch betont. Aber mit einem Augenzwinkern.

Als die beiden im Lager verschwanden, betrat Kundschaft den Laden. Und es stellte sich sehr schnell heraus, dass er es mit einer schwierigen Kundin zu tun hatte.

»Nein, die gefallen mir nicht«, sagte sie zu jeder Sandale, die Ennio hervorholte.

Ennios Ehrgeiz wurde geweckt und er ließ nicht locker, bis eine Stimme ihn ablenkte.

»Sie sollten sie anprobieren. Am Fuß sehen die Sandalen gleich ganz anders aus.« Die Stimme gehörte zu Velia. Er blickte sich zu ihr um. Sie stand sehr selbstsicher in seinem Laden. Er folgte mit den Augen dem Verlauf ihrer Beine, entdeckte seine Sandalen an ihren Füßen.

Und es machte *peng*. Nicht wirklich. Aber doch irgendwie real. Er räusperte sich, konnte aber den Blick nicht ohne Weiteres von seinen Sandalen an so hübschen Füßen abwenden. Beim Herstellen der Sandalen hatte er immer ein Ideal im Sinn. Die idealen Sandalenfüße, sozusagen. Und Velias Füße, die waren perfekt. Erneut räusperte er sich. Er konzentrierte sich auf die Kundin.

»Ja, Sie haben recht«, fand sie.

»Wie wäre es mit den roten hier. Die passen wunderbar zu Ihrer Korallenkette.«

»Finden Sie?«

»Absolut. Ein wundervolles Teil, übrigens. Ein Familienstück?«

Ennio merkte, dass der Kundin Velias Kompliment schmeichelte.

»Ach, was, nein«, wiegelte die Kundin ab. »Es ist wahrscheinlich nur ein Imitat.«

»Sie macht sich gut, hm?«, flüsterte Mariasole, die sich zu ihm gesellt hatte. Sie waren beide Beobachter geworden.

Er nickte unmerklich.

»Sehen Sie! Die sehen doch toll an Ihren Füßen aus!«, fand Velia, nachdem sie der Kundin in die Sandalen geholfen hatte.

Die Frau sah sich im Spiegel an. »Sie sind ganz wundervoll, ja. Sie haben recht. Ich nehme sie.«

Velia blickte kurz zu Ennio auf. Wollte wohl seine Anerkennung. Und die bekam sie auch. Zumindest hoffte er, dass sein Blick ihr all das vermittelte, was sich in ihm abspielte. Nun, alles vielleicht besser nicht ... Seine Dankbarkeit, zumindest. Und seine Bewunderung.

Die Kundin ging wenig später mit drei Paar neuen Sandalen aus dem Laden.

Velia machte einen Hüpfer. Ihre Begeisterung war ansteckend.

»Leute, das muss gefeiert werden«, fand Mariasole. »Das hat dieser Laden wohl auch noch nicht erlebt, dass eine Verkäuferin gleich drei Paar Sandalen verkauft, bevor sie überhaupt richtig eingestellt wurde. Ich hole uns einen Schluck Sekt, ja? Wir müssen anstoßen.«

Dagegen hatte Ennio nichts einzuwenden. »Wenn mich nicht alles täuscht, haben wir oben noch eine Flasche im Kühlschrank.«

Mariasole nickte und ging. Und er war plötzlich allein mit Velia. Allein mit seiner Verwirrung. Klar, Velia sah gut aus. Aber sie war jung.

Definitiv zu jung. Er schob diese seltsame Anziehungskraft, die er verspürte, auf ... na, vielleicht auf das Wetter. Oder auf seinen Stress zu Hause. Mit *zio* Salvo. Genau.

»Das hat sehr viel Spaß gemacht!«, fand Velia. »Und die Sandalen sind richtig bequem. Das hätte ich ja nicht gedacht.« Sie blickte auf ihre Füße. Und er folgte dem Blick. Sah ihre entzückenden Zehen, die sich lustig auf und ab bewegten. »Mir öffnet sich gerade eine ganz neue Welt. Die Welt der Sandalen«, sagte sie lachend.

»Meine Welt.«

»Ja. Ihre Welt. Sie sind ja hineingeboren, sozusagen.«

»Sie können das sozusagen ruhig weglassen. Und, wenn Sie möchten, können wir das Sie auch gleich weglassen. Ich bin einfach nur Ennio.«

Sie hob die Schultern. »Wenn es für Sie in Ordnung ist.«

»Ist es.«

»Sie ... Quatsch ... du ... machst die wirklich alle selbst?« Sie drehte sich im Kreis und sah sich die ganze ausgestellte Ware an.

»Die mache ich alle selbst, ja. Zumindest fast. Im Winter stelle ich einen Monat lang eine Hilfskraft ein, damit ich die Vorräte auch ordentlich aufstocken kann. Aber die Hilfskraft schneidet mir nur das Leder zurecht. Den Rest mache ich selbst.«

»Das ist ... wow!«

Ennio beobachtete ihre ehrliche Begeisterung. Und es kribbelte. In seinem Bauch. Als hätte er die Kohlensäure vom Sekt bereits geschluckt. Nur war dem nicht so.

»Tadaaa!«, rief Mariasole laut, als sie in dem Augenblick den Laden wieder betrat. In der einen Hand hielt sie die Sektflasche, in der anderen kopfüber drei hohe Gläser.

Sie überreichte ihm feierlich die Flasche. Er nahm sie, entkorkte sie mit einem Knall, schenkte ein.

»Auf Velia!«, sprach seine beste Freundin feierlich.

Ja, auf Velia ...

• • •

Mariasole und Velia sperrten kurz vor acht die Ladentür ab. Ennio war schon vorausgegangen. Dafür würde er dann etwas eher den spätabendlichen Betrieb starten.

Spontan fiel Mariasole ihr Konzert auf der Yacht ein. »Sag mal, Velia, hast du vielleicht Lust, mich morgen Abend singen zu hören?«

»Du singst?«, Velias Gesicht verwandelte sich in pure Bewunderung. »Ich meine, klar! Dazu hätte ich große Lust!«

Mariasole kramte in ihrer Riesentasche nach einer Eintrittskarte, holte sie hervor und reichte sie Velia. »Dann komm. Das wird lustig.« Ihr war die Neue wirklich sympathisch. »Hier steht drauf, wo es ist.«

»Aber muss ich denn abends nicht arbeiten?«

»Doch. Das schon. Vor Mitternacht werde ich aber nicht anfangen. Das schaffst du locker.«

Mariasole ließ sich umarmen und fand, dass Ennio mit Velia einen richtigen Glückstreffer gelandet hatte. Das war die netteste Kollegin aller Zeiten. Soviel konnte sie schon sagen.

»Wir sehen uns später im Laden?«, wollte Velia wissen.

Sie nickte. »Ja. Auf jeden Fall.«

»Schön. Ich freue mich. Dann bis später. Und danke für die Karte.«

»Ach, das ist doch nichts ...«

»Doch, doch. Mir bedeutet deine Einladung eine Menge. Jetzt muss ich aber los. Oben kurz meiner Tante Hallo sagen. Ich habe sie noch gar nicht gesehen.«

»Alles klar. Bis später dann.« Mariasole schickte ein Küsschen in die Luft und ging, bemerkte dabei nur am Rande, wie charmant Capri an diesem Abend wirkte.

Ihre Gedanken waren woanders. Ihre Gedanken waren bei Alfio, bei ihrer Gesangskarriere, bei ihrer Idee, die Insel mit ihm zu verlassen. Diese Idee war ihr ständiger Begleiter geworden. Denn sie sah darin die einzige Möglichkeit, ihre Träume zu erfüllen – Capri war ihr einfach nicht mehr groß und weit genug. *Eine Mutter hat nichts zu träumen*, sagte ihr eine innere Stimme laut und deutlich.

Sie zeigte der inneren Stimme laut und deutlich ihren Stinkefinger, grinste über diese impulsive Geste, packte ihre Träume dann aber doch wieder ein, legte sie sanft zur Seite. Nicht zu weit weg. Ihre Träume waren immer in greifbarer Nähe. Mussten es bleiben.

Denn ohne ihre Träume, das wusste Mariasole, wäre sie verloren.

Er packt ihr die Sandalen ein. »Essen Sie mit mir zu Abend. Oben, im Terrazzo.«

»Das geht nicht.«

»Versuchen Sie's.«

Sie nickt.

Oder vielleicht auch nicht.

Vielleicht ist es nur Einbildung.

Hoffnung.

Herzklopfen.

Erwartung.

Kapitel 7

Ennio schloss leise die Tür. *Zio* Salvo war sehr früh, gleich nach dem Abendessen, eingenickt. Jetzt schnarchte er zufrieden und war dabei fast ebenso laut wie Edmondo, Francas Mann, der die Nachtschicht übernommen und es sich auf der Couch neben dem Bett bequem gemacht hatte.

»Keine Sorge«, versicherte ihm Franca, »Edmondo hat einen leichten Schlaf. Sobald Salvo sich rührt, ist mein Mann schon hellwach und zur Stelle.«

Ennio nickte. Er war seltsam bedrückt. Es war nicht leicht, sogar von Francas Mann so viel Hilfe anzunehmen. Er musste das lernen. Nach und nach, Schritt für Schritt.

Das Abendessen war wieder alles andere als ruhig verlaufen. *Zio* Salvo hatte pausenlos nach seiner Prinzessin verlangt. Er hatte sogar geweint, als Ennio ihm erklärt hatte, dass es bei ihnen keine Prinzessin gab.

Das alles machte Ennio traurig. Weil das Altern ein schwieriger Prozess war. Er sah es seinem Großonkel an, wie sehr er sich dagegen wehrte, all seine Erinnerungen zu verlieren. Das musste sich anfühlen wie im Sumpf zu versinken. Ennio wurde schon allein vom Gedanken daran panisch.

»Danke«, sagte er schließlich zu Franca.

Sie tätschelte verständnisvoll seine Schulter und gemeinsam verließen sie den Flur, um in die Küche zu gehen, wo die Haushälterin den Tisch abdeckte. Ennio ging ihr zur Hand.

»Du hast gar nicht erzählt, wie Velia sich bisher gemacht hat«, erkundigte sich Franca in Plauderlaune. Ihr Versuch, ihn abzulenken, war allzu offensichtlich.

»Sehr gut. Sie ist äußerst nett zu den Kunden. Ein richtiges Verkaufstalent.«

»Das ist schön. Macht ihr nachher noch eine Weile auf?«

Ennio blickte auf seine Uhr. »Ja. Doch. Ein paar Stündchen werden es wohl noch werden. Ich muss auch gleich los. Aber, Franca, falls was ist ...«

»Falls was ist, rufe ich dich sofort. Sei ganz unbesorgt!«

Tja. Unbesorgt. Gerade *das* schaffte er nicht.

Ennio ging auf sein Zimmer, zog ein luftiges Leinenhemd über und ging. Er überlegte auf seinem Weg durch das kühle, antike Treppenhaus, wie es weitergehen sollte. Ob es wirklich an der Zeit war, sich wegen eines Pflegeheims zu informieren.

Er schüttelte sich. Das ging ihm so sehr gegen den Strich.

Klack, klack. Klack, klack.

Ennio hielt inne, blieb auf den Stufen stehen. Schloss die Augen kurz.

Klack, klack. Klack, klack.

Er liebte diese Geräuschsequenz.

Das waren seine Sandalen. Unverkennbar. Leder, Kork, Absatz. Jeden noch so winzigen Bestandteil seiner Sandalen hatte er berührt, geformt, verarbeitet. Und gestreichelt. Das auch. Seine Sandalen schlugen leicht, elegant, elfengleich auf den Boden. Bei jedem Schritt. Es war unmöglich, sie nicht am Geräusch zu erkennen.

Plötzlich verwandelte sich seine Starre in ... so etwas wie Ekstase, was sich insgesamt sogar ein bisschen verboten, aber gar nicht mal schlecht anfühlte. Er räusperte sich.

»Oh. Ennio«, stellte die Frau fest, die seine Sandalen trug, und ihn inzwischen erreicht hatte.

»Velia. Tut mir leid. Habe ich dich erschreckt?«

Sie schüttelte den Kopf. Und der Duft eines Shampoos – Zitronen? – erreichte ihn. Frech kitzelte der Duft seine Nase.

Ihm fielen spontan die *Caprilù*-Kekse ein, die sie wegen ihm – oder besser gesagt wegen *zio* Salvo – nicht hatte essen können, und nahm Notiz davon, dass sie Zitronen offensichtlich mochte. Ebenso spontan entstand vor seinem inneren Auge das Bild zitronengelber Sandalen ... an ihren Füßen ...

»Hm?« Er hatte nicht mitbekommen, was sie eben gesagt hatte. Viel zu weit weg waren seine Gedanken gewesen. Irgendwo in einem Zitronenhain.

»*Zia* Franca. Ich möchte sie kurz besuchen.«

»Oh. Na klar. Nur zu.« Er stellte sich umständlich auf die Seite, ließ sie vorbei. »Die Tür gleich oben rechts.«

»Danke. Und ich werde pünktlich wieder im Laden stehen.«

Daran zweifelte er nicht. »Hör zu, nimm dir doch einfach den Abend frei ...« Immerhin war sie gerade erst vor ein paar Stunden angekommen und hatte noch nicht mal ihre Tante gesehen.

Sie unterbrach ihn sofort. »Das kommt gar nicht infrage!«

»Aber ...«

»Ich bin hier, um für dich zu arbeiten, oder?« Sie lächelte ihn offen und freundlich an. Und er kam sich selbst vor wie Zitroneneis, das in der Sonne dahinschmolz. Rasant schnell und unaufhaltsam. Er wusste gar nicht so recht, wie ihm geschah. Fakt war, dass er ... nun ... er fühlte etwas. Ganz tief drinnen. Dort, wo er geglaubt hatte, nichts mehr Tiefes empfinden zu können.

»Ja. Das bist du wohl.«

»Dann bis gleich«, sagte sie und stieg weiter die Treppen hoch.

Klack, klack. Klack, klack.

Und er ging raus, ins Freie. Wo er zunächst einmal tief durchatmete. Was passierte gerade mit ihm?

Egal, was es war. Er musste es stoppen. Und zwar sofort. Gefühle für eine Frau, die zudem auch noch für ihn arbeitete, konnte er jetzt gar nicht brauchen. Das war nicht der richtige Moment. Das war auch nicht die richtige Frau – viel zu jung!

So. Das hatte er also gleich geklärt. Mit sich selbst und der Welt. Er würde ganz sicher keine Gefühle für Velia entwickeln. Er hatte nur einfach als Mann auf die Reize einer jungen, gut aussehenden Frau reagiert. Nichts weiter.

Mit dieser Entschlossenheit ging er in den Laden, wo er ein paar Minuten lang nur vor sich hin starrte. Noch nie hatte er sich so verloren, einsam und anlehnungsbedürftig gefühlt wie in diesem Moment.

Zum Glück kam dann aber Kundschaft und er durfte wieder nur das tun, was er am meisten liebte und was er auch am besten konnte: seine Sandalen anpreisen.

• • •

Velia schrak auf. Sie saß bei ihrer Tante in Ennios Wohnung in der Küche und ihr Handy klingelte. Kein guter Moment. Zumal es Niklas war, der sie anrief.

»*Zia*, ich muss kurz ran«, erklärte sie und gab zu verstehen, dass sie einen privaten Moment für sich und ihren Gesprächspartner brauchte.

Franca erhob sich auch sofort und zeigte ihr, wie man von der Küche aus direkt raus auf den Balkon ging.

Am Rande bekam Velia mit, dass der Balkon zwar klein, aber entzückend war und freie Sicht auf das Meer bot. Sie fror leicht. Wusste aber nicht, ob es an der frischen Brise oder Niklas lag.

»Hey«, meldete sie sich schließlich. Ihre Stimme klang so bescheuert fremd, dass sie am liebsten in ihr Handy gekrochen wäre, um sie wieder zurückzuholen. Überhaupt fühlte sie sich unwohl, ertappt, wie in Erwartung eines bevorstehenden Weltuntergangs. Dabei war doch gar nichts passiert. Sie hatte noch nicht mal mit Niklas gestritten.

Und doch war alles anders.

»Hey«, sagte er.

Nun, auch er klang nicht gerade wie jemand, der große Lust hatte, mit ihr zu sprechen.

Es war wie verhext, aber ihr Kopf war absolut leer. Ihr fiel kein einziges Wort ein. Als hätte sie das Sprechen noch gar nicht gelernt. Sie schluckte und zitterte leicht. Der Wind. Das Gewissen.

»Niklas, ich bin auf Capri.« Es gelang ihr dann doch, diesen Satz auszusprechen. Unüberlegt. Eher reflexartig, wie es eben bei Paaren so war, die sich immer sofort Neues und Spannendes erzählten. Doch dann fiel ihr ein, dass es eigentlich keinen Unterschied machte, ob sie auf Capri oder in Neapel war. Nicht für Niklas, der ohnehin mehr als tausend Kilometer von ihr entfernt lebte.

»Aha. Die Dame amüsiert sich auf der Insel, macht Urlaub, während mir hier die Kühe wegsterben. Und die Dame besitzt noch nicht einmal den Anstand, sich bei mir zu melden. Soso. Dann störe ich am Ende mit meinem Telefonat auch noch, oder wie soll ich das jetzt verstehen?«

Velia versuchte das zu verarbeiten, was er gesagt hatte. Abgesehen vom süffisanten Ton, der ihr große Lust machte, das Telefonat einfach zu beenden, war bei ihr hängen geblieben, dass er etwas über seine Kühe gesagt hatte. Wegsterben? Nichts an diesem Gespräch gefiel ihr. Nicht der Ton, nicht der Inhalt, nicht die Art und Weise. Als hätten die Worte eine Maske auf.

»Niklas, hör zu: Ich arbeite hier, bin nicht im Urlaub. Es ging alles total schnell, daher konnte ich mich nicht eher bei dir melden. Okay?« Das war nur die halbe Wahrheit. Das wusste sie. Und das ahnte sicherlich auch er.

Sie hörte ihn atmen. Eine ganze Weile lang. »Ach, verdammt, Velia. Das ist alles nicht gut. Ich habe drei Kühe verloren und ... Gott, ich brauche dich. Ich kann das nicht. Am Telefon. Auf diese Weise. Das ist doch scheiße!«

Sie hatte Mühe seine Worte zu verstehen. Ihm zu folgen. Dennoch erreichte sie die Essenz seiner Verzweiflung. Und er hatte recht: Die Entfernung zwischen ihnen war scheiße. Und damit meinte sie nicht mal nur die körperliche Distanz.

»Ich denke, du solltest dich kurz beruhigen, okay? Und wir sprechen nachher noch mal. Ich muss jetzt in den Laden, in dem ich arbeite, aber sobald ich Feierabend habe, rufe ich dich an und wir unterhalten uns wie normale Menschen. In Ordnung?«

Er seufzte. »Ist gut.« Mehr sagte er nicht. Dann legte er auf.

Velia wurde es schwer ums Herz. Und daran konnte auch Capris Schönheit nichts ändern. Es war, als hätte dieses Gespräch, Niklas' Vorwürfe, ihren Zweifeln, die sie bisher bestens unter den Teppich gekehrt hatte, ein Gesicht, eine Gestalt gegeben. Sie hatten sich gerade so viel mehr gesagt, als die paar Sätze, die sie ausgetauscht hatten. Diese Gewissheit, dass es in ihrer Beziehung kräftig kriselte, wog Tonnen.

»Ist alles in Ordnung, Kind?« Unbemerkt hatte Franca sich genähert.

Francas Hand auf ihrer Schulter fühlte sich gut an. Die Last wurde dadurch zwar nicht weniger schwer, aber vielleicht ein winziges bisschen leichter zu tragen.

»Nicht wirklich …«

»Magst du darüber reden?«

Wollte sie das? »Ich denke noch nicht.«

Franca nickte. »Aber du weißt, dass ich da bin?«

»Das weiß ich. Und ich danke dir dafür. Auch für diese tolle Arbeitsstelle.«

»Es ist schön hier, nicht wahr?«

»Ist es! Sehr sogar!«

»Ich liebe diese Familie. Es ist, als wäre sie auch ein bisschen meine. Ich liebe den alten Narr, ich liebe Ennio und ich könnte mir nicht vorstellen, irgendetwas anderes zu tun. Das ist für mich keine Arbeit, wenn du verstehst, was ich meine. Das hier ist mein Leben. Und ich teile es mit diesen lieben Leuten.«

Ennio. Dieser Name blieb hängen, verhedderte sich kurz in ihren Gedanken und flog dann weiter. Aber er hinterließ etwas. Eine Spur. So leicht wie eine Ahnung.

»Apropos Arbeit … ich muss jetzt auch los.«

»Ist gut, Kind. Komm, ich begleite dich zur Tür!«

Sie gingen leise durch den Flur zur Haustür, wo Velia kurz stehen blieb.

»Ach, Velia, hättest du nach deiner Schicht noch die Möglichkeit, hier zwei Taschen abzuholen und zu uns nach Hause zu tragen? Ich habe dir noch ein paar Dinge eingekauft, damit du dich bei uns auch wohlfühlst.«

»Natürlich! Aber das wäre doch nicht nötig gewesen.«

»Ach, ich mache das gerne. Dann bis später.«

Sie umarmten sich kurz und Velia ging.

Es gelang ihr – wie auch immer – Niklas und das ungute Gefühl, das mit ihm verbunden war, draußen zu lassen. Im Laden fühlte sie sich wie ausgewechselt. Die bunten Farben aller Sandalen, der leichte, angenehme Geruch nach Leder, ihre eigene Freude, Teil des Ladens zu sein. Das alles legte sich über ihre Sorgen. Wie eine farbenfrohe Decke.

Ennio blickte auf, lächelte ihr zu, obwohl vor seiner Theke drei Damen standen, die ihm buchstäblich auf die Finger schauten. Sie hörte, wie er mit dem Hammer auf das Holz klopfte und war plötzlich ganz unpassend stolz. Stolz auf diesen Laden. Als wäre es ihrer.

Noch immer verwirrt von ihren eigenen Gefühlen, merkte sie nicht, wie Mariasole sich ihr näherte.

»Na du?«, wurde sie von ihrer Kollegin heiter gegrüßt.

»Oh. Hi.«

»Hier. Für dich.« Mariasole hielt ihr eine kleine, gefüllte Papiertüte hin.

»Was ist denn da drin?«

»*Caprilù*-Kekse. Nicht von mir. Vom Chef. Er hat mich vorhin damit beauftragt, dir welche zu holen.«

Velia merkte, wie ihr die Röte ins Gesicht stieg. Sie kämpfte innerlich damit, wollte sie möglichst bald wieder aus ihrem Gesicht haben. *Es sind doch nur Kekse*, versuchte sie sich selbst zu beruhigen. Doch ihr Blick wanderte erneut zu Ennio. Und seiner war wieder bei ihr, trotz der Damen, die noch immer auf seine Arbeit schauten. Er war bei ihr. Mit einem Lächeln. In seinem Lächeln lag vornehme Zurückhaltung. Aber auch so viel mehr. Und sie fühlte sich bestätigt in ihrer stillen aber starken Reaktion.

Sie nickte ihm dankend zu.

Er zwinkerte unmerklich zurück.

Was wieder dazu führte, dass die Röte ihr ins Gesicht stieg. Als wäre sie ein unerfahrener Teenie, der vor ihrem heimlichen Schwarm stand.

»Soso ...«, hörte sie Mariasole sagen, die noch immer neben ihr stand und sie ungeniert anblickte.

»Hm?«

»Er ist toll, oder?«

»Ja. Das ist er ...« Velia seufzte. Dann erst wurde ihr bewusst, auf welche Frage sie da eben geantwortet hatte. Und vor allem, wie. »Ich meine ...«

Mariasole hob die Hand. »Nein. Sag nichts. Denn Ennio ist wirklich toll. Er ist der allerbeste, allerliebste Mann, den Capri jemals gesehen hat.«

Darauf wusste Velia nun wirklich nichts zu sagen.

»Und er holt nicht für jede Frau Kekse«, deutete Mariasole an.

Was sollte das denn nun bedeuten?

Velia war zunehmend verwirrt. Ihr Herz fühlte sich an, wie nach einem persönlichen Treffen mit einem Jongleur. Capri. Niklas. Und jetzt ... Ennio? Damit hatte sie nicht gerechnet. Dass ihr Arbeitgeber in so vielerlei Hinsicht ein Traummann war. Nur, musste sie das interessieren? *Durfte* sie das interessieren?

Nein!

Sie hatte so schon genug Verwirrung in ihrem Kopf.

Velia roch an der Papiertüte. Mmh. Zitrone!

Kurz entschlossen legte sie die Kekse weg. Dass Mariasole sie dabei beobachtete, war ihr schon bewusst. Aber sie ignorierte das. Ihre Kollegin war offensichtlich feinfühlig. Und sie hatte den Eindruck, sich ein bisschen vor den allwissenden Augen der Frau verstecken zu müssen.

»Zeigst du mir bitte, wie ihr die reduzierte Ware gekennzeichnet habt?« Velia wechselte lieber das Thema. Ihr war das plötzlich alles zu viel.

Mariasole hielt nur ganz kurz inne, offenbar einen stillen, innerlichen Kampf austragend. Sie hatte sich wohl selbst daran gehindert, noch etwas zum Thema Ennio zu sagen. Und das war Velia ganz recht. Zumindest ihrem rationalen Teil. Der irrationale, spontane, herzgesteuerte Teil hingegen, der hielt nicht still, zappelte, schlug Kapriolen und lechzte geradezu danach, die unausgesprochenen Worte von Mariasole zu erfahren.

Kerzenlicht. Sanfte Musik.
Er nimmt nicht wahr, was um sie herum passiert.
Er sieht nur sie.
Wenn überhaupt möglich, dann ist sie an diesem Abend noch schöner als sonst. Es sind ihre Augen. Er sieht die Welt, die sich dahinter verbirgt. Er sieht sie. Ganz unverfälscht.
Sie hat noch nichts gesagt. Kein Wort. Kein einziges. Noch nicht mal ein kleines. Und doch ist ihm so, als würden sie nichts anderes tun, als sich miteinander zu unterhalten. Über alles. Über nichts. Mit dem Herzen, das eine ganz eigene Sprache spricht.

Kapitel 8

Er hatte es kommen sehen. Er hatte schon so lange darauf gewartet, auf jeden Fall damit gerechnet. Als es aber dann passierte, fiel Ennio das Herz doch aus der Brust. Mit einem lauten Aufprall, der dumpf in ihm nachhallte.

»Ennio, komm schnell. Wir schaffen es nicht, ihn zu beruhigen!«, rief Franca durch die Tür in den Laden. Er zögerte keine Sekunde, ließ alles stehen und liegen und lief los. An den Kunden vorbei. Durch die Tür. Franca hinter sich lassend. Ins Haus. Die Stufen hoch. Und er wünschte, sein Atem, seine Schritte, sein lauter Pulsschlag könnten das verzweifelte Geschrei von Salvo übertönen. Doch das schaffte vermutlich kein Laut dieser Welt, überlegte er und erreichte atemlos die Wohnung. Vor Sorge zitternd begab er sich sofort in das Zimmer des alten Mannes. Das Bild, das sich ihm bot, sorgte erneut dafür, dass sein Herz in Mitleidenschaft gezogen wurde. Dieses Mal fühlte es sich an, wie von einer großen, kalten Hand zerquetscht.

Sein Großonkel schlug wild um sich. Mit beeindruckender Energie und tapfer gegen Edmondos Beruhigungsversuche ankämpfend.

»Ich muss sie sehen!«, wiederholte Salvo immerzu. »Ich muss sie noch einmal sehen!«

Mit erhobenen Händen ging Ennio auf das Bett zu, in dem Salvo mehr saß als lag. »Ruft einen Arzt!«, flüsterte Ennio Edmondo zu. »Was ist denn los, *zio*, hm?«, versuchte er es dann sanft. Inzwischen hatte Ennio das Bett erreicht, war aber noch immer unentschlossen über den nächsten Schritt. Was tun? Er wollte Salvo nicht zu fest anpacken. Die

Arme des alten Mannes erinnerten an feine Äste, die vom Wind hin und her bewegt wurden. Ennio hatte Angst, sie könnten jeden Moment brechen. Dennoch versuchte er, zumindest eine Hand zu erwischen, um sie festzuhalten. Oder um sie zu streicheln. Das hatte er noch nicht entschieden. So weit hatte er nicht gedacht.

Das Gesicht des alten Mannes war hochrot, tränenüberströmt. Das schüttere Haar stand in alle Richtungen ab. Überall hing Haut. Wie ein zu großes Ganzkörperkostüm.

Endlich. Er bekam die Hand des wild um sich schlagenden Mannes zu fassen. »Hey, hey, hey. Pssst.« So sanft er konnte, versuchte er die Aufmerksamkeit auf sich zu ziehen. »*Sul mare luccica l'astro d'argento ...*« Ennio stimmte spontan eines der Lieblingslieder seines Großonkels an. Sanfte Töne, eine Szene auf dem Meer in der Ruhe der Nacht. Enrico Carusos *Santa Lucia*. Salvo liebte dieses Lied. Und es erreichte ihn auch in diesem Augenblick. Ganz langsam, ganz sanft. Als trügen die Wellen, das Boot und der Wind ihr beruhigendes Spiel bis zum alten Mann, der in seinen jungen Jahren nicht selten tagelang nur das Meer und den Himmel als Begleiter gehabt hatte.

Ennio trieb es die Tränen in die Augen, wie vertrauensvoll sich der alte Mann in die Töne des Liedes fallen ließ. Fast wie ein Sprung in die Tiefen seiner Erinnerungen. So kam es Ennio vor. Er sah in den Augen seines Großonkels, wie er begann zu entspannen. Wie er anfing, sich wieder zurechtzufinden. Da war nicht mehr die Leere, nicht mehr die Angst. Da war Leben. Da war Erkenntnis. Da war sich Zurechtfinden. Da war all das, was immer so selbstverständlich, aber auch wenig geschätzt das Leben lebenswert machte.

Salvos Atem ging allmählich ruhiger. Er lag nun friedlich da. Aber er ließ Ennio nicht aus den Augen. Irgendwann verzog sich Salvos Mund zu so etwas wie einem Lächeln.

»Ich war ein guter Lehrer, Junge, hm?«, krächzte der Alte.

»Der beste überhaupt!«, pflichtete Ennio ihm bei und streichelte den kalten Handrücken des Mannes. Dank seines Großonkels kannte er so gut wie jedes klassische, neapolitanische Lied. Er war mit Klopfen seines Hammers und mit Melodien auf seinen Lippen aufgewachsen. Im Laden. In der Werkstatt. Im Lager. Und er war stolz auf jeden Moment, denn er war Teil einer Familiengeschichten geworden, in der immer viel Wert auf Respekt, Liebe und Zuneigung gelegt wurde.

»Und du bist so gut und holst mir meine Prinzessin?«

Wieder die Angst in den Augen. Wie ein Schleier, der bereit war, sich jeden Moment erneut über das Licht zu legen, das dennoch darin leuchtete.

Ennio dachte fieberhaft nach. Er wollte und konnte Salvo nicht erneut enttäuschen und beunruhigen. Wer konnte schon sagen, ob sein altes Herz noch mehr Aufregung vertragen würde? »Würdest du kurz warten, *zio*? Ich sehe mal nach, ob ich sie finde, ja?«

Der alte Mann nickte erfreut. »Ich warte solange. Du findest sie sicher im *Quisisana*.«

Ennio war erstaunt. Das *Quisisana* war eines der besten Hotels auf Capri. Ein Traditionshaus. Und tatsächlich die Art Unterkunft, die eine Prinzessin aussuchen würde.

»Ich bin gleich wieder da!«

Ennio gab Edmondo, der die Szene ruhig und geduldig aus einem Eck beobachtet hatte, ein Zeichen, sich solange um Salvo zu kümmern. Edmondo nickte und gesellte sich zu Salvo, der schon viel bessere Laune hatte.

Endlich verließ Ennio das Zimmer, um im Flur auf Franca zu treffen, die verstohlen ein Taschentuch in die Hosentasche steckte. Man sah ihr an, dass sie geweint hatte. Wie nur jemand weinen konnte, der ebenso sehr liebte wie litt.

Ennio ging ein paar Schritte im Flur auf und ab, rieb sich die Stirn, fuhr sich durchs Haar.

»Wo finde ich denn jetzt eine Prinzessin?«, fragte er sich leise.

In dem Moment klopfte jemand sachte an die Haustür. Ennio sah Franca fragend an. Die hob aber nur die Schultern und machte sich daran, die Tür zu öffnen.

Velia betrat schüchtern die Wohnung. »Ich hoffe, ich störe nicht. Ich wollte nur die Taschen abholen, *zia*, die ich nach Hause tragen soll. Ennio, Mariasole hat unten abgesperrt. Alles ist gut gelaufen. Wir haben uns wacker geschlagen.«

Ein Gedankenblitz. Spontan. Unüberlegt. »Velia, hättest du vielleicht kurz Lust, Prinzessin zu spielen?«

»Prinzessin?«

Natürlich war Velia überrascht. Aber, je mehr er darüber nachdachte, umso mehr ereiferte er sich für seine Idee. Er hatte eine fünfzig Prozent Chance auf Erfolg. Das musste reichen.

»Ja, ich weiß, das klingt jetzt absolut verrückt und unlogisch und gewagt. Aber mein Großonkel ... er bildet sich ein, eine Prinzessin zu kennen. Und er verlangt ständig nach ihr. Wenn er, wie eben heute Abend, keine Prinzessin bekommt, rastet er aus. Ganz ehrlich, ich weiß nicht, wie lange sein Kreislauf das mitmacht. Und ich weiß erst recht nicht, wo ich eine echte Prinzessin finden soll.«

»Und da hast du ausgerechnet an mich gedacht?«

Noch immer zeigte Velias Gesicht ehrliche Überraschung.

»Du hast recht. Entschuldige. Das ist absoluter Blödsinn.« Ennio wiegelte ab.

Aber, und das musste Ennio ihr lassen, nun überraschte sie ihn. »Was soll ich tun?«, bot sie hilfsbereit an.

Vor Erleichterung wollte Ennio in die Knie gehen. Aber er hielt sich zurück. Spürte Francas Klopfen auf seinem Rücken. Sie verpasste nie die Chance, ihm zu zeigen, dass sie da war. Hinter ihm stand, ihn stützte, ihn ermutigte. Immer und immer wieder.

»Ganz ehrlich? Keine Ahnung!«, gab er offen zu. Sein Plan konnte gelingen oder total in die Hose gehen. Wie auch immer sie es anstellte, es kam nur auf Salvo an.

Sie lachte jetzt. Jedem anderen hätte Ennio dieses Lachen übel genommen. In dieser Situation zumindest. Doch konnte er der Sonne kaum übel nehmen, dass sie schien, nicht wahr?

»Ich soll mich als Prinzessin ausgeben, dabei einen alten Mann überzeugen, den ich nicht kenne, und das alles, während ich nicht weiß, was ich tun soll. Klingt nach einer leichten Übung. Dann, auf in den Kampf, würde ich sagen ...«

Ennio nickte, war froh, nicht für komplett verrückt gehalten zu werden und begleitete Velia vorsichtig in Salvos Zimmer.

Der alte Mann summte noch immer *Santa Lucia* vor sich hin, während Edmondo ihm liebevoll das Haar in Ordnung brachte. Abgesehen von der wirr ineinander verhedderten Bettwäsche, ließ nichts mehr darauf schließen, dass nur wenige Augenblicke zuvor ein alter Mann in diesem Zimmer richtig Radau gemacht hatte.

Ennio überlegte fieberhaft, wie er Velia vorstellen sollte. Doch es stellte sich heraus, dass das gar nicht notwendig war, denn sie tat es selbst. Sie ging an ihm vorbei, direkt zu Salvos Bett.

»Salvatore«, sagte sie einfach nur, ohne dabei den Spitznamen des Großonkels zu verwenden.

Vielleicht dachte sie, dass eine Prinzessin nicht den Spitznamen verwenden würde, überlegte Ennio. Dieser Gedanke amüsierte ihn sogar ein bisschen. Ennio sah, wie sie sehr natürlich und spontan beide Hände des Mannes nahm und einfach nur am Bett stehen blieb.

Was dann passierte, war eine Metamorphose. Anders konnte Ennio es nicht bezeichnen. Jede Faser des alten Körpers schien neu belebt. Die Körperhaltung verwandelte sich drastisch. Ein frischer Hauch. Lebensenergie. Lebenswille. Und ganz viel Stolz. Plötzlich lag ein Mann im Bett, der um Jahre gejüngert schien.

»Ingrid?« Ungläubig und gleichzeitig so, so erleichtert sprach Salvo diesen Namen aus, den Ennio noch nie gehört hatte. Nicht aus Salvos Mund. Und doch hatte er ihn in einer Art ausgesprochen, die dafür stand, dass er es schon unzählige Male getan hatte.

»Ja, mein Lieber, ich bin es«, schauspielerte Velia einfach weiter. Aber mit einer Grazie und Ernsthaftigkeit, die Ennio tief berührte. Sie nahm den Mann nicht auf den Arm. Sie gab ihm feinfühlig genau das, was er brauchte.

Zart berührte Salvo mit zittriger Hand Velias Wange. Und Ennio hielt den Atem an. Diese Geste war so unglaublich vertraut. So delikat. So schön.

Velia legte ihre Hand auf seine. Hielt sie sich an die Wange. Sie stand so, dass Ennio ihr Gesicht sehen konnte. Dann lächelte sie.

Die Sonne, erkannte Ennio. Sie war wie die Sonne.

»Ich wusste, dass du wiederkommen würdest«, sprach Salvo.

»Du kennst mich eben besser als ich selbst«, antwortete Velia.

Er lachte. »Das kannst du wohl sagen!« Er blickte auf ihre Füße. »Du trägst sie noch?«

»Aber natürlich. Ich würde nie andere Sandalen als deine tragen.«

»Weißt du noch, damals, als du sie im Laden geholt hast? Du hattest Bedenken, wegen deiner Schuhgröße.«

»Wie könnte ich diesen Moment jemals vergessen?«

»Hast du ... manchmal daran gedacht? An mich?«

»Jeden Tag, Salvatore. Immer.«

Gerührt schloss der alte Mann kurz die Augen. Und Ennio wischte sich eine Träne aus dem Augenwinkel.

»Ich auch, Ingrid. Jede Sekunde meines Lebens.«

»Dafür danke ich dir, liebster Salvatore.«

»Und ich danke dir, für das Licht und die Wärme, die du in mein Leben gebracht hast.«

Velia strich ihm über das Haar. Ennio konnte ihr Gesicht jetzt nicht sehen. Aber er konnte sich exakt vorstellen, wie sie in diesem Moment aussah: wunderschön!

Er schluckte, sammelte sich dann aber. »Zio, ich denke, ... Ingrid muss jetzt gehen. Sie ist sehr müde. Und auch du solltest dich nun ausruhen.«

Der alte Mann nickte. »Kommst du wieder? Morgen?«, fragte er hoffnungsvoll.

»Natürlich. Morgen und jeden Tag, wenn du es willst.«

Er warf ihr charmant eine Kusshand zu. Und, Ennio sah es ganz genau, sie errötete dabei ebenso charmant. Dann winkte sie ihm zu, sah sich nach Ennio um und verließ mit ihm den Raum.

Draußen im Flur lehnte sich Ennio erschöpft an die Wand. Kurz nur. Aber offensichtlich lange genug, um Francas Sorge zu wecken, die die ganze Szene wohl aus dem Flur mitbeobachtet hatte.

»Wer ist Ingrid?«, fragte sie nun.

»Salvos Prinzessin.« Mehr wusste er auch nicht. »Velia, ich weiß nicht, wie ich dir danken soll ...« Es war ihm auch ein bisschen peinlich, dass er sie hineingeworfen hatte in den Strudel seiner größten Probleme.

»Das brauchst du auch gar nicht. Ich habe nichts getan.«

»Nichts«, sprach er tonlos aus. Sie hatte im Gegenteil alles getan. Die Welt bewegt. Salvos Welt. Aber er war jetzt viel zu überwältigt, um ihr das zu erklären.

Velia räusperte sich. »Ich muss dann ...«

»Ja. Natürlich.« Er hatte ihr schon viel zu viel Zeit geraubt. Sie hatte Feierabend. Schon lange.

Er beobachtete sie dabei, wie sie im Flur zwei schwere Tragetaschen hochhob.

»Brauchst du Hilfe?«, bot er spontan an.

»Ach, nein, das geht schon so.« Sie wuchtete die Last ein paar Schritte weit, legte die Tüten dann ab, um die Tür zu öffnen. Und Ennio konnte das gar nicht mit ansehen, wie schwer sie sich tat.

Er gab kurz Franca und Edmondo Bescheid, die inzwischen den friedlichen Salvo erneut bettfertig machten, und eilte Velia hinterher.

Im Treppenhaus holte er sie ein. »Gib schon her!«

Sie rollte theatralisch mit den Augen und reichte ihm die Tüten. »Ich hätte es auch allein geschafft.«

»Ich weiß. Sieh es einfach so: Ich revanchiere mich für deine Hilfe mit Salvo.« Er sah ihr an, dass sie darauf etwas erwidern wollte. Dann überlegte sie es sich aber anders. Also gingen sie los. Still nebeneinander her. Jeder seinen eigenen Gedanken folgend.

Capri war gerade sehr ruhig. Vielleicht waren die Touristen in ihren Hotels. Vielleicht befanden sie sich alle auch nur gerade in anderen Gassen, an anderen Läden, in anderen Bars. Der Insel schien der ruhige

Moment zu gefallen. Ennio kam es vor, als hätte sich Capri eine kurze Verschnaufpause gegönnt. Und er mochte sie sehr.

Als sie Francas Haus erreichten, hielt Velia kurz inne, wollte ihm die Tüten abnehmen, berührte dabei seine Hände. Er musste schlucken.

»Ich trage sie dir noch rein«, bestimmte er einfach, um den Moment zu überbrücken.

Sie nickte, sperrte auf, ging ihm voraus.

Ennio stellte die Tragetaschen im Flur ab. »Dann …«, setzte er an.

»Willst du noch etwas trinken?«, unterbrach sie ihn aber.

»Gerne!« Er war viel zu müde, um vernünftig zu sein. Und er wollte noch bleiben. So war es. Er hatte den Eindruck, Velias Leuchten noch zu brauchen. Zu schwach, ohne Abwehr war er. Morgen war ja auch noch ein Tag. Da konnte er dann wieder vernünftig und rational sein.

Er folgte ihr in die Küche, nahm ihr ein Glas ab, das sie mit einem Erfrischungsgetränk gefüllt hatte.

»Komm mit!«, forderte sie ihn auf. Und er merkte erstaunt, dass er ihr in diesem Moment bis ans Ende der Welt gefolgt wäre. Ohne mit der Wimper zu zucken.

Ennio fand sich kurz darauf auf einer Dachterrasse wieder. Er erinnerte sich schwach daran, dass Franca mal davon erzählt hatte. Jetzt bedauerte er, nicht besser aufgepasst zu haben. Denn diese Terrasse war ein Traum.

»Wahnsinn!«, war das Einzige, was ihm dazu einfiel. Er blickte sich um, hatte aber Mühe, all das einzufangen, was sie umgab. Vor allem die Sterne. Die waren von hier aus einfach wuchtig, fabelhaft und so nah. Als reichte es aus, den Finger zu heben, um sie zu berühren.

»Nicht wahr? Ich glaube, Franca könnte steinreich werden, wenn sie ihr Haus an Touristen vermieten würde.«

»Stimmt. Das sollte sie sich vielleicht mal überlegen.« Ennio nippte an seinem Getränk – sein Mund war ganz trocken. Dann stellte er das Glas auf den kleinen Tisch.

»Wer ist Ingrid?«, wollte Velia dann wissen. Sie hatte sich ans Geländer gestellt und wusste vermutlich nicht, dass sie, mit Capris Dächern im Hintergrund, so reizend aussah, wie es wahrscheinlich kein Künstler dieser Welt auf einem Gemälde hinbekommen würde.

Ennio zog die Schultern hoch. »Ich weiß es nicht.«

»Aber es gibt sie doch in echt, oder? So wie Salvo den Namen ausgesprochen hat ... er hat in mir jemanden erkannt. Eine reale Person.«

»Vermutlich hast du recht. Aber, wie gesagt, ich weiß von keiner Ingrid. Und er ist einfach zu weit davon entfernt, sich klar zu erinnern, um es mir vernünftig zu erklären.«

Sie nickte. »Ich bin jedenfalls glücklich, dass ich helfen konnte. Und, natürlich tue ich es gerne jederzeit wieder.«

Er schüttelte den Kopf. »Das musst du nicht.« Er wollte ihr nicht auch noch zur Last fallen.

»Ich weiß. Ich will es aber. Außerdem ist es schön, so charmant umgarnt zu werden. Dein Großonkel hat es drauf.«

Er lachte. »Oh, ja. Das kannst du laut sagen.«

»Du liebst ihn sehr«, stellte sie fest. Es war keine Frage, dennoch fühlte Ennio sich dazu verpflichtet, etwas darauf zu erwidern.

»Er ist ein herzensguter Kerl. Mit seinen fast antik wirkenden, noblen Gesten hat er mir sehr viel beigebracht. Eigentlich so gut wie alles, was ich über unser Handwerk weiß.«

»Ja. Und auch er hat sofort auf meine Füße geschaut. Ihr seid da schon ein bisschen eigen in der Hinsicht, ihr Marchettis, oder?«

Sie nahm ihn offensichtlich auf den Arm, hatte wohl bemerkt, dass auch er es liebte, seine Sandalen an den Füßen schöner Frauen zu sehen. An Velias Füßen zu sehen.

»Ich kann es nicht erklären. Es ist wie die Vollendung eines Kunstwerks.«

»Du hast es doch gerade sehr schön erklärt. Jede Frau wäre überglücklich, von einem Mann als Kunstwerk bezeichnet zu werden.«

»Okay. Dann bezeichne ich dich jetzt offiziell als Kunstwerk.«

»Hm. Ich denke, du kannst das besser.«

Er gesellte sich zu ihr. Lehnte sich ebenfalls an das Geländer. »Dann lass es mich so sagen: Velia, heute Abend hast du ein bisschen Sonne in unser Leben gebracht. Mit deiner feinfühligen Art hast du einen alten Mann sehr glücklich gemacht und mein Herz erleichtert. Dafür kann ich dir nicht genug danken. Und abgesehen davon, gibt es keine Frau, die meine Sandalen so vollkommen macht wie du.«

Spontan ausgesprochene, wahre Worte. Er hatte sie gesagt. Er konnte sie nicht mehr aufhalten.

Aber, hey, das wollte er plötzlich gar nicht.

Es ist ein Traum, denkt sie und versucht, all die Eindrücke so zu sammeln, dass sie bis in die Ewigkeit reichen und warm halten.
Die Kerzen, das Meer, die Sterne, die Pasta. Mit dem dazugehörigen Duft.
Und er. Immer wieder er. Er macht alles perfekt. Denn er ist perfekt. Perfekt für sie. Für ihr Herz. Für ihre Sinne. Für immer. Und immer wieder.

Kapitel 9

Gleich küsst er mich, schoss es Velia durch den Kopf. Sie schloss die Augen, genoss das wundervolle Gefühl eines vor Aufregung und Erwartung flatternden Herzens und hinterfragte nicht, wie sie bitteschön so unbedacht und frei auf den Kuss eines Mannes warten konnte, der nicht Niklas war.

Die Wahrheit war, dass ihr das in diesem Augenblick alles egal war. Doch als der Kuss nicht kam, nahm der Gedanke an ihren Freund endlich wieder an Wichtigkeit zu, bis er so dominant wurde, dass sie die Augen schließlich wieder öffnete.

Sie ertappte Ennio dabei, wie er sie ansah und fühlte sich dadurch selbst weniger ertappt. Sein Blick war anders. Sein Blick war voller Gefühl. Das bildete sie sich nicht nur ein. Denn sie spürte den Blick auf ihrer Haut. Und unter ihrer Haut, wo sie sich nicht davor abschirmen konnte.

Sie räusperte sich. Das führte alles nun doch etwas zu weit, oder? Es irritierte Velia auch ein bisschen, dass er gar nichts sagte. Das Schweigen wurde ihr zu laut.

»Wollen wir uns noch eine Weile setzen?«

Ennio blickte auf seine Armbanduhr. »Klar. Warum nicht?«

Also taten sie es. Wenn Velia jedoch dachte, dadurch körperliche Distanz zwischen sie zu bringen, dann täuschte sie sich gewaltig. Seine Beine unter dem winzigen Tisch berührten ihre. Und sein Oberkörper war weit vornübergebeugt, auf seine Ellenbogen gestützt. Sein Atem streifte ihr Haar. Gerne hätte sie jetzt ein Büchlein zur Hand gehabt, in dem die Körpersprache analysiert wurde. Sie war sich aber auch so ziemlich sicher, dass Ennio Interesse an ihr signalisierte. Wie das sein konnte, das hinterfragte sie erst gar nicht. Er sah blendend aus, war lieb – soweit sie das beurteilen konnte –, und brauchte sicherlich nur mit den Fingern schnippen, um unzählige Frauen im Sturm zu erobern. Aber er signalisierte Interesse für sie.

»Was machst du so im Leben, außer Sandalen herzustellen und zu verkaufen?«

Blöde Frage. Aber sie brauchte jetzt eine belanglose Plauderei, um das Gewicht ihrer Gedanken zu minimieren.

»Hm. Ich weiß nicht. Ich bin mir sicher, dass ich früher mal ein Leben und sogar Hobbys hatte. Das ist nur schon sehr lange her. Momentan schaffe ich wirklich nicht viel mehr als den Laden und zio Salvo.«

Velia nahm davon Notiz, dass er nicht bedauernd geklungen hatte. Er schien nichts zu vermissen. Und sie fragte sich, wie das möglich war. Schauspielerte er oder gab er sich wirklich zufrieden?

»Erinnerst du dich noch daran, was in deinem früheren Leben deine Hobbys waren? Golf, Bogenschießen, Kartenspielen, Karaoke?«, fragte sie betont heiter und an Hobbys denkend, die so gar nicht zu ihm passten. Sie hoffte, er möge sie witzig finden. Warum auch immer wollte sie ihm, trotz der Widrigkeit ihrer Gedanken und Gefühle, imponieren. Irgendwie.

Er lachte auch. Was sie so froh stimmte wie unerwartetes Lob.

»Karaoke stimmt nicht ganz, aber Musik spielt doch eine große Rolle in meinem Leben. Wenn mich keiner hört, singe ich gerne. Einfach für mich. Und eine ganze Zeit lang habe ich mir eingebildet, ein guter Angler werden zu können.«

»Was hat dir diese Einbildung genommen?«

Er zuckte mit den Schultern. »Die Tatsache, dass ich niemals etwas gefangen habe?«

»Niemals?«

»Nicht ein einziges Mal.«

Sie sahen sich ernst an und lachten zeitgleich los. Ein befreiendes, unbekümmertes Lachen.

»Wie sieht es bei dir aus?«, wollte er jetzt von ihr wissen. »Angelst du auch?«

Sie schüttelte den Kopf. »Höchstens mal Träume.«

»Träume kann man angeln?« Er tat verwundert. Als hätte sie ihm etwas Überraschendes offenbart, wie, dass Tutanchamun in Wirklichkeit noch lebte oder so. Sie mochte seine Gestik, seine Art, sie auf den Arm zu nehmen. Wie er sich bemühte, sie zum Lachen zu bringen. Diese Spielerei war ein schöner Kontrast zu seiner ebenso anziehenden Ernsthaftigkeit. Er erweckte sofort den Eindruck, ein Mann zu sein, an den man sich getrost anlehnen konnte. Vielleicht waren es seine dunklen, tiefen Augen, die dazu einluden, sich fallen zu lassen. Vielleicht die wunderbar harmonischen Linien seines schönen Gesichts. So genau konnte Velia das nicht sagen.

»Ach, weißt du, ich habe es immer ganz schwer gefunden, mich Träumereien hinzugeben. Manchmal bin ich zu rational, um mich auf das zu konzentrieren, was ich mir innig wünsche. Deshalb habe ich angefangen, meine Träume als Teile eines großen Meeres zu visualisieren. Es sollte ausreichen, die Angel auszuwerfen, um sich einen zu holen. Dumm, nicht?«

»Ganz und gar nicht. Ich könnte mir sogar vorstellen, dass das mein neues Hobby werden könnte.«

»Haha.«

»Nein. Ernsthaft. Wollen wir gleich damit anfangen?«

»Womit?«

»Komm schon. Steh auf!«

Sie sah ihm dabei zu, wie er sich ans Geländer stellte und mit einer unsichtbaren Angel hantierte. Er drehte sich zu ihr um, winkte sie mit dem Kopf zu sich. Eine Haarsträhne fiel ihm dabei in die Stirn und Velia verspürte den Drang, sie ihm aus dem Gesicht zu streichen. Deshalb konzentrierte sie sich lieber auf … ja, auf was eigentlich? Auf das Angeln von Träumen?

»Ich kann das nicht.«

»Mimimi.«

Sie riss die Augen auf. Mimimi? Also gut. Dann machte sie eben mit. Velia ging zum Geländer und hantierte ebenfalls mit einer unsichtbaren Angel. Selbst schuld, wenn sie damit angefangen hatte!

Er beobachtete sie, hielt die unsichtbare Angel sehr professionell. Er sah dabei sogar verdammt gut aus, wie auch immer er das anstellte. Irgendwann schüttelte er den Kopf. »Wenn du die Angel so hältst, fängst du nie was«, meinte er.

»Sagt der Angler, der in seinem Leben nie was gefangen hat«, konterte sie.

Er lachte kehlig.

Und sie kicherte albern, um die Gänsehaut davonzujagen, die sein Lachen verursacht hatte.

Sehr elegant stellte er die unsichtbare Angel ab und platzierte sich hinter sie. Velia musste kurz die Augen schließen, weil die Wärme seines Körpers auf sie überschwappte wie eine Welle. Dann berührte er sachte ihren Arm, hob ihn leicht an. Und sie musste ein hysterisches Lachen unterdrücken. Vor Nervosität, vor Entzücken und, weil sie ganz unpassend an Dirty Dancing und die Szene denken musste, in der Johnny Babys Arm hebt und sich um den Nacken legt.

»So. Und jetzt mit Schwung ausholen!«, fordert er sie auf.

Und sie tat es! Sie holte weit und sehr schwungvoll aus.

Schade nur, dass sie hart gegen einen Widerstand schlug.

»Au. Das war definitiv mit Schwung!«, rief er aus.

Sie drehte sich um, sah, wie er sich das Auge hielt, und wollte sterben.

»Oh, verdammt, verdammt.«

»Es ist nichts.«

»Ich hole Eis. Oder lieber einen Arzt. Oder ... Eis?«

»Nichts dergleichen, danke. Es ist alles in Ordnung.« Aber das Auge hielt er sich noch immer.

»Lass mal sehen. Eis ist immer gut. Oder?«

Was war nur mit ihr los? So dumm stellte sie sich doch sonst nicht an. Vorsichtig versuchte sie, seine Arme zu senken, um sich den Schaden, den sie angerichtet hatte, wenigstens mal anzusehen.

Und dann nahm er plötzlich selbst die Hände weg und rief: »Buh!«

Sie erschrak, verstand im ersten Augenblick nicht. Sah auf sein Auge, das eigentlich ganz normal aussah.

»War nur Spaß!«, sagte er grinsend.

»Was? Du ...« Ihr fiel nichts Passendes ein. Also schlug sie ihn. Erwischte ihn nur ganz leicht am Arm.

Er lachte. Und sie war sich plötzlich sicher, dass es nicht vieles gab, was schöner und vollkommener sein konnte, als das Lachen dieses Mannes mitten auf einer Dachterrasse im Herzen Capris.

Allmählich wurde er wieder ernst, fuhr sich durchs Haar.

Sie wollte diesen Moment festhalten. Am liebsten ewig. Doch sie merkte, wie er ihr entglitt.

Er blickte wieder auf seine Armbanduhr. »Es ist spät geworden. Und ich sollte unbedingt noch mal nach *zio* Salvo sehen.«

»Ja ...«, erwiderte sie, obwohl sie Nein dachte. Wie oft kamen Worte aus dem Mund, die genau das Gegenteil von dem waren, was man eigentlich hatte sagen wollen? Vielleicht ging es ihm ja ebenso?

»Tja ... dann ...«

»Ich begleite dich noch zur Tür.«

»Ist nicht notwendig.« Er hob die Hand zum Gruß.

»Und danke fürs Tütenschleppen. Ich werde mich dafür revanchieren.«

»Das hast du doch schon. Mit den Träumen.«

»Du hast gar keinen geangelt«, gab sie zu bedenken.

»Ich denke schon«, sagte er leise und ging.

• • •

Mariasole drehte und wendete sich im Bett. Dann wurde sie mit einem Schlag wach. Erkannte plötzlich das beharrliche Geräusch, das sich bis in ihre Träume geschlichen hatte, um sie letztendlich zu wecken: Es waren Steinchen, die gegen ihr Fenster schlugen. Und dafür konnte nur einer verantwortlich sein: Ennio. Das war seine Art, sich bemerkbar zu machen.

Vorsichtig stieg sie aus dem Bett, um Alfio nicht zu wecken, der mit in ihrem Zimmer schlief. Sie ging leise zum Fenster, öffnete es weit, blickte hinaus.

»Was ist los?«, flüsterte sie.

»Ich brauche jemanden zum Reden.«

Sie nickte, schloss das Fenster, zog sich etwas über und stieg die Treppen hinunter. Dann ging sie zur Haustür, öffnete sie. Ennio stand davor. Er nickte ihr zu. Fast zeitgleich setzten sie sich auf die Stufen, die zur Tür führten.

»Hab ich dich geweckt?«

»Ja.« Sie lehnte sich an seine Schulter. Wickelte sich enger in ihre Strickjacke. Dann gähnte sie.

»Tut mir leid.«

»Und mir erst.« Sie nahm ihn auf den Arm. Das wusste sie, das wusste er. »Sag schon. Was ist passiert? Probleme mit Salvo?«

»Das auch.«

»Aber?«

Er seufzte.

Und sie gähnte wieder, überlegte amüsiert, dass sie langsam alt wurden.

»Wäre es sehr schlimm, wenn ich mich wieder verlieben würde?«

Oh. Okay. Das Gespräch ging in eine Richtung, die sie nicht erwartet hatte. Ennio sprach so selten über Gefühle. Er hatte es vielleicht nie gelernt. Das vermutete sie zumindest.

»Wieso schlimm? Liebe endet nicht immer in einer Katastrophe.«

»Was, wenn doch?«

»Dann wirst du eine Weile jammern, dich verschließen und wieder jahrelang Trübsal blasen.«

»Tolle Aussichten.«

Sie hob die Schultern. »Ist doch egal, wie die Aussichten sind.«

»Mir ist das nicht egal. Ich will nicht leiden. Nicht wegen eines gebrochenen Herzens.«

»Das verstehe ich. Aber ich finde es ehrlich gesagt bescheuert, sich vor möglich Schönem zu verschließen, weil man Angst vor eventuell Hässlichem hat. Das ist wie Leben mit gezogener Handbremse.«

Er nickte. »Ich weiß. Aber was machen wir nun mit dieser Gewissheit?«

»Das musst du wissen.«

»Du bist mir ja eine tolle Hilfe.«

»Du willst meine Hilfe doch gar nicht. Du willst nur von mir hören, dass alles gut werden wird. Aber ich habe diese Gewissheit nicht. Ich kann dir nur sagen, dass ein guter Tag, ein Tag mit Liebe im Herzen, alles wettmacht.«

»Du würdest also springen? Selbst wenn du nicht weißt, wie die Landung sein wird?«

»Bei mir ist das anders ...«

»Lass Alfio mal kurz aus dem Spiel. Ich weiß, das ist irgendwie doof und ihm gegenüber nicht fair. Aber bitte, versuche ganz kurz nur an dich zu denken. Bist du bereit, dich wieder auf einen Mann einzulassen? Nach dem bitteren Ende deiner letzten Beziehung?«

Sie dachte zum ersten Mal ernsthaft darüber nach. In den letzten Jahren hatte sie sich nur als Mutter, an guten Tagen vielleicht auch als Sängerin gesehen und erlebt. Was war mit ihr? Mit Mariasole?

»Beim richtigen Mann, ja. Da würde ich springen.«

»Aber woher weißt du, ob es der Richtige ist?«

»Das weißt du erst nach dem Sprung, fürchte ich.«

»Das ist scheiße.«

»Ja. Ist es ...«

Eine Weile lang sagten sie gar nichts. Es reichte ihnen, zusammen auf den Stufen zu sitzen. Mitten in der Nacht. So wie früher.

»Unter uns gesagt: Velia gefällt mir auch sehr gut. Ich mag sie.« Sie fand zuerst die Worte wieder.

»So offensichtlich, ja?«

»Keine Sorge. Offensichtlich ist es nur für mich. Ich kenne dich zu gut.«

»Da hast du vermutlich recht.«

»Ist denn etwas passiert? Oder kommen deine Ängste aus dem Nichts?«

Er begann zu erzählen. Vom Treffen zwischen Velia und Salvo. Von den Tüten, der Dachterrasse und den Träumen. Und von den Küssen, die er ihr nicht gegeben hatte, die er aber noch immer wie loderndes Feuer in sich trug. Genau so beschrieb er das.

»Wow«, sagte sie. »Ich wünschte, ein Mann würde mal für mich so empfinden.«

Er stand auf. »Ich muss los. Ich brauche eine Mütze Schlaf. Und ich habe ein schlechtes Gewissen, weil ich durch die Gassen ziehe, ohne nach Salvo zu sehen.«

Sie verdrehte die Augen.

»Was denn?«, wollte er wissen.

»Sei nicht immer so verdammt vernünftig!«

»Wieso nicht?«

»Weil neben dir jeder normale Mensch wie ein Monster erscheint!«

Er machte eine wegwerfende Handbewegung, zwinkerte ihr zu und ging.

Sie blickte ihm nach. Erinnerte sich plötzlich an ihn, als er ein kleiner Junge gewesen war. Mit seinen kurzen Hosen und den ständig aufgeschlagenen Knien. Vernünftig war er schon damals gewesen. Diese Eigenschaft konnte man sich auch kaum von ihm wegdenken. Sie liebte Ennio. Auf eine warme, familiäre und ganz eindeutige Art und Weise. Er verdiente es, glücklich zu sein. Mehr als jeder andere, den sie kannte.

Sie dachte auch an Velia. Konnte noch nicht viel zu ihr sagen. Sie kannte sie ja nicht mal richtig. Aber sie strahlte so viel positive Energie aus, dass man sie einfach spontan gernhaben musste. Mariasole versuchte, sich die beiden zusammen vorzustellen. Es entstanden aber nur verzerrte Bilder, die nicht so recht passen wollten.

Mit knackenden Knochen erhob sie sich und ging wieder ins Haus, wo sie eine Entscheidung traf. Für sich. Für Mariasole. Weder für die Mutter, noch für die Sängerin in ihr. Wenn Ennio es schaffte, über seinen Schatten zu springen, dann würde es auch sie schaffen. Sie wollte sich nicht mehr vor der Liebe verstecken. Sie wollte sich und der Liebe eine Chance geben.

Irgendwie erleichtert ging sie zu Bett. Und sie träumte von einem ganz neuen Leben. Einem erfüllten, schönen Leben.

Er glaubt, dass man es ihm ansehen kann.
Wie glücklich er ist. Wie prall gefüllt seine Brust sich anfühlt, die Platz schaffen muss für sein Herz, das vor Glück, vor Liebe droht zu bersten.
»Gefällt es dir hier?«, erkundigt er sich mit einer Stimme, über die er in jedem anderen Moment gelacht hätte. Jetzt aber erscheint sie ihm einfach nur fremd. Vornehm fremd. Verliebt fremd.
Sie nickt. Mit Grazie. Dann sieht er ihr hinreißendes Lächeln.
Er weiß sofort, dass er nur noch für dieses Lächeln lebt.

Kapitel 10

Velia schrak auf. Sah sich um. Entdeckte zuerst die Sterne, die ihr so, in dieser Form, in dieser Größe, mit dieser immensen Strahlkraft, fremd vorkamen. In Neapel, von ihrem Zimmer aus, war nur der Mond gigantisch. Die Sterne hingegen hatten in der Stadt zu große Konkurrenz, verblassten leicht. Sie rieb sich die Augen. Ihr war kalt. Und ihr Hals war steif.

Es dauerte ein paar Augenblicke, bis zu ihr durchsickerte, dass sie offenbar auf dem Liegestuhl auf der Dachterrasse eingenickt war. Sie wusste nicht, wie lange, denn ihre Gedanken wollten in eine ganz andere Richtung laufen. Die Richtung hieß Ennio, mit dem sie nur Stunden zuvor Träume geangelt hatte. Die Erinnerung daran war bewegend und greifbar.

Sie massierte sich den Nacken und stand auf, strich sich das verrutschte T-Shirt gerade. Endlich wagte sie einen Blick auf ihre Uhr. Drei Uhr. Mitten in der Nacht. Sie versuchte sich zu strecken, hielt dann so abrupt inne, dass ihre Knochen empört knackten. Fast so laut wie ihr Gewissen.

Niklas.

Oje. Niklas, Niklas, Niklas.

Sie hatte ihm versprochen, ihn anzurufen. Und sie hatte es auch dringend vorgehabt. Nur hatte sie sich nach dem Abend mit Ennio kurz sammeln wollen. Dabei war sie wohl eingeschlafen.

Sie blickte sich verwirrt um, suchte die Dachterrasse nach ihrem Handy ab. Fand es nicht. Erkannte mit Schrecken, dass sie es in der Tasche gelassen haben musste. Gestern. Als sie mit Ennio nach Hause gekommen war.

Am liebsten hätte Velia sich und ihre Schuldgefühle wie eine Rakete in den Himmel gejagt. Vielleicht machten sie sich besser neben den Sternen am Himmelszelt als hier auf der Erde. Denn plötzlich wurde ihr bewusst, dass das nicht in Ordnung war, was auch immer da mit Ennio passiert war.

Sie ging ein paar Mal auf und ab.

Dann fand sie, dass mit Ennio konkret gar nichts passiert war. Sie hatte nichts getan. Er hatte nichts getan. Und ... sie hatten beide nichts getan.

Diese These überzeugte sie ungefähr drei Sekunden lang. Dann wieder gar nicht. Dann wieder drei Sekunden lang. Wie beim Hüpfen. Erst ging es mit Schwung in die Höhe, dann ganz schnell wieder auf den Boden der Tatsachen.

»Jetzt ist es aber mal gut!« Vor lauter wirren Gedanken wurde ihr ganz schwindelig. So sehr, dass sie sich wieder setzen musste. Sie fuhr sich durchs Haar, massierte wieder ihren Nacken.

Niklas konnte das viel besser: Ihren Nacken massieren, wenn sie Schmerzen hatte. Und wenn sie keine Schmerzen hatte, dann machte er es auch.

Velia stieß einen Laut aus, der irgendwo zwischen Verzweiflung und Ärger hing, und stand endlich auf. Sie ging ins Haus, stieg die Treppe herunter und schnappte sich ihre Handtasche. Sie kramte nach ihrem Handy und überlegte, dass man um drei Uhr nachts eigentlich anderes tun sollte. *Wie Träume angeln*, erlaubte sich eine innere Stimme da einfach zu sagen.

»Eben nicht!«, schimpfte sie mit sich selbst.

Ihr Handy zeigte sieben eingegangene Anrufe an. Alle von Niklas. Auf diese Zahl kam er sonst knapp in einem Monat.

»Verdammt!« Velia schlug sich an die Stirn und ließ sich im Flur die Wand hinabgleiten.

Wie war sie nur in diesen Strudel geraten?

Vor ihrer Abreise nach Capri war doch alles noch geregelt und in fast bester Ordnung gewesen. Gut, sie hatte schon so ihre Probleme mit Niklas gehabt. Aber nicht so ernsthafte, oder? Oder vielleicht doch?

Hatte ein Tag mit Ennio auf Capri gereicht, um alles, was mit Niklas war, infrage zu stellen? Oder hatten ihre aufkeimenden Gefühle für Ennio ihr erst gezeigt, wie viel zwischen ihr und Niklas kaputt war?

»Bist du bescheuert?«, schimpfte sie weiter mit sich.

Was tun? Um diese Uhrzeit – und vor allem in diesem Zustand, konnte und wollte sie Niklas nicht anrufen. Andererseits stand aber fest, dass sie so niemals zur Ruhe kommen würde. Deshalb beschloss sie spontan, dass sie zumindest Piera um diese Uhrzeit anrufen konnte. Dafür waren beste Freundinnen da, nicht wahr?

Sie ging nach viermal Läuten ran.

»Velia?«, nuschelte ihre Freundin ins Handy.

»Habe ich dich geweckt?« Kaum hatte sie die spontane Frage ausgesprochen, wurde ihr die Absurdität derselben bewusst. »Natürlich habe ich das«, antwortete sie deshalb selbst. »Ich bin ein schlechter Mensch!«, setzte sie noch hinzu.

Sie hörte ihre Freundin atmen.

»Wieso sagst du nichts?«

»Weil ich um drei Uhr nachts eigentlich einen Monolog von dir erwarte«, antwortete Piera gewohnt trocken. »Jetzt hol bitte Luft und erkläre mir, was los ist! Sei so gut, ja?«

Velia atmete tief. »Ich habe es verpasst, Niklas anzurufen, weil ich mit Ennio Träume geangelt habe.«

»Hast du wieder mit dem Schlafwandeln angefangen?«, fragte ihre Freundin streng. Als wäre es etwas, das man bewusst steuern konnte. Außerdem lag Velias einzige Episode dieser Art Jahre zurück. Piera war furchtbar erschrocken gewesen und hatte ihr das nie verziehen.

»Nein!«

»Dann musst du mir aber erklären, wer Ennio ist.«

»Mein Chef.«

»Ich dachte, du musst bei ihm Sandalen verkaufen.«

»Muss ich ja auch.«

»Und was genau hat dieser Herr getan, um sich das Privileg zu verdienen, mit dir Träume zu angeln?«

»Es ist kein Herr ...« Das wollte Velia gleich klarstellen. Herr klang so alt.

»Sondern?«

Wie konnte sie Ennio am besten beschreiben? »Er ist ... ein Mann.«

»Und was für einer?«

»Ein netter, gut aussehender, einfühlsamer Mann.«

»Hm. So einen gibt es meines Wissens nicht.«

Velia seufzte. »Doch.«

»Oh, *merda*! Du stehst auf ihn?«

»Nein. Natürlich nicht!«

»Nein. Natürlich nicht«, wiederholte Piera weniger emphatisch als Velia es zuvor ausgesprochen hatte.

»Na gut. Vielleicht ein bisschen«, gab sie zu.

»So wenig, dass du gleich vergisst, deinen Freund anzurufen.«

Velia gab wieder einen verzweifelten Laut von sich und schlug mit dem Hinterkopf gegen die Wand. Das würde eine Beule geben. Ganz sicher. Und sie verdiente diese Beule.

»Ich bin ein furchtbarer Mensch!«

»Velia, hör zu, du bist ganz sicher kein schlechter Mensch. Du weißt selbst sehr gut, dass deine Probleme mit Niklas dich schon eine ganze Weile beschäftigen. Wenn ein anderer Mann Gefühle in dir weckt, dann heißt das nur, dass in deiner Beziehung ordentlich etwas falsch läuft.«

»Aber was soll ich denn jetzt machen? Ich kann doch nicht einfach so mit Niklas Schluss machen!«

»Wieso denn nicht?«

»Weil ich ihn liebe.«

»Bist du sicher? Vielleicht ist es nur die Idee von euch als Paar, die du liebst, an der du festhältst?«

Möglich?

Möglich.

»Ich kann nicht mit ihm Schluss machen.«

»Dann bitte ihn um eine Pause. Die brauchst du. Die braucht ihr.«

Eine Pause ... Velia wurde schlecht. Warum musste immer alles so kompliziert sein? Sie dachte an den gutmütigen Niklas und daran, dass sie ihm nicht wehtun wollte. Niemals! Sie dachte aber auch an den geheimnisvollen Ennio, der so aufregend neu war. Und so charmant. Und vor allem greifbar.

»Du, ich glaube, ich lege jetzt auf. Das muss ich alles überdenken. Drüber schlafen.« Velia erhob sich mühsam. Sie war jetzt regelrecht erschöpft. Spürte die ganze Aufregung ihres ersten Tages auf Capri bis in die Haarwurzeln.

»Ist gut. Und wenn du mich brauchst, dann ruf an.«

»Das werde ich!«

»Schlafen kann ich ja dann im Fitnessstudio. Morgen Früh sind meine *signore* dran.«

Piera hatte eine Zumba-Gruppe für Seniorinnen, die sie liebevoll *signore* nannte. Velia kannte sie alle aus Erzählungen. Und sie wusste auch, dass Piera ein sehr sanftes Training für die Damen anbot.

Sie verabschiedete sich und legte auf. Sie ging in ihr Zimmer, ließ sich angezogen aufs Bett fallen und schloss einfach nur die Augen. Das erlaubte ihr, jedes noch so winzige Geräusch zu hören. Schon bald kristallisierte sich ein rhythmisches heraus, das sie nicht sofort einordnen konnte. Erst einen Augenblick vor dem Einschlafen die Erleuchtung: *Das sind die Wellen, das ist das Meer,* erkannte sie. Dann ließ sie sich davon ins Reich der Träume tragen.

•••

Um sich von seinem eigenen Gefühlschaos abzulenken, verbrachte Ennio viele Stunden wach in seinem Bett, wo er der Dunkelheit strotzte und mit den Augen den Schatten folgte, die sich an der Zimmerdecke abzeichneten. Er hörte das friedliche Schnarchen von *zio* Salvo, erwartete, jeden Augenblick seine übliche Litanei zu hören. In dieser Nacht jedoch blieb die Unruhe seinem Großonkel fern. Es war, als hätten sie Rollen getauscht, denn nun war es Ennio, der keinen Schlaf fand.

Er fragte sich auch, woher plötzlich der Name Ingrid gekommen war. Wieso er ihn noch nie gehört hatte. Als wäre der Name ein wertvoller Schatz, den Salvo aufbewahrt und beschützt hatte. Viele Jahre lang.

Hatte es diese Ingrid wirklich gegeben? Er konnte es kaum glauben. Er fand es unwahrscheinlich, dass ihm eine Romanze entgangen sein könnte. Aber was wusste Ennio schon über Romanzen?

Obwohl er es nicht gerne tat, überdachte er seine eigene letzte Beziehung. Er schenkte nur sehr ungern sein Vertrauen. Wenn er sich jedoch dazu entschloss, dann vertraute er blind. Niemals hätte er gedacht, sich wegen der vielen Besuche seiner Freundin auf dem Festland Sorgen machen zu müssen. Selbst als Franca ihn darauf aufmerksam gemacht hatte, dass man auf der Insel munkle, seine Freundin habe einen Liebhaber, hatte er noch an seinem Vertrauen festgehalten.

Tja, und der Rest war Geschichte.

Was ihn am meisten daran störte, war nicht die Tatsache, dass er seine Freundin aus seinem Leben gestrichen hatte. Was ihm am meisten leidtat, war es, nicht mehr vertrauen zu können. Wenn es ihm früher schon schwergefallen war, sich gehen zu lassen, dann war es nach dem Vertrauensbruch noch schwieriger geworden.

Und jetzt hatte er zum ersten Mal wieder Lust, es zu wagen. Velia war in ihn gefahren. Das musste er sich eingestehen.

Träume angeln ... Ein wohliges Gefühl machte sich in seiner Brust breit.

Vielleicht war der Moment gekommen, die Vergangenheit hinter sich zu lassen.

Doch die Gegenwart holte Ennio am nächsten Morgen schon sehr zeitig ein. *Zio* Salvos Stimme erreichte ihn im Schlaf. Sorgte dafür, dass er sofort hellwach war. Und angestrengt versuchte, zu verstehen, was der alte Mann von sich gab.

»Dann musst du ihn eben wecken!«, sagte Salvo vermutlich zu Franca.

»Ich bin schon wach!«, rief Ennio aus seinem Zimmer. Schnell stand er auf, eilte zu seinem Großonkel, der bereits gekämmt in seinem Bett saß.

»Na endlich, Junge!« So der Gruß. »Holst du mir bitte die Sandalen, die ich für die Prinzessin angefertigt habe?«

»Die Sandalen?«

»Ja-ha, *stupidino.* Sandalen. Ich möchte sie ihr heute endlich überreichen. Sie wartet schon so lange drauf.«

Ennio hatte mal wieder nicht den blassesten Schimmer, wovon sein Onkel redete. Aber er war inzwischen ja geübt. »Ich hole sie, aber ich bringe sie erst nachher hoch, wenn ich zum Mittagessen wieder da bin.«

»Sei aber pünktlich. Sie kommt doch auch.«

»Zum Mittagessen?«

»Natürlich. Jeden Tag.«

Jeden Tag.

Wie sollte er das denn bitte bewerkstelligen? Die einzige Prinzessin, die er anbieten konnte, war Velia. Und die konnte er ja wohl kaum darum bitten, *jeden Tag* mit ihnen zu essen.

Später beim Frühstück mit Franca in der Küche holte Ennio sich bei ihr Rat.

»Velia erklärt sich bestimmt dazu bereit, mit uns zu Mittag zu essen«, glaubte Franca.

»Das können wir ihr doch nicht zumuten!«

»Wer spricht denn von Zumutung? So schlimm sind wir doch auch nicht!«, versuchte Franca offensichtlich ihn aufzuheitern. »Wenn du magst, dann spreche ich mit ihr. Irgendwo muss sie ja zu Mittag essen. Wieso nicht bei uns?«

Weil Ennio mit ihr im Haus vermutlich komplett den Verstand verlieren würde? Aber das konnte er Franca so kaum sagen, nicht?

»Nein. Schon gut. Ich werde sie fragen.«

»Schön. Sie wird sicherlich zusagen. Dann werde ich heute ihr Lieblingsgericht zubereiten!«

»Was ist denn ihr Lieblingsgericht?«

»*Tagliolini al limone.*«

Nudeln mit Zitrone. Da hätte er eigentlich auch selbst drauf kommen können.

Ennio verließ die Küche. Im Flur kam Edmondo ihm entgegen, der *zio* Salvo an seinen Lieblingsplatz am Fenster schob, wo er den Großteil des Tages verbrachte.

»Gehst du in den Laden?«, wollte der Großonkel von ihm wissen.

»Ja, ich gehe gleich.«

»Denkst du an die Sandalen?«

Die Sandalen ...

»Sagst du mir bitte die Farbe? Damit ich sie eher finde?«

»Na, die gelben, *stupidino*! Mit den Federn!«

Ennio arbeitete selten mit Federn. Nicht, weil er sie nicht mochte. Sie waren einfach nur irgendwann aus der Mode gekommen. Im Moment war Silber im Trend.

»In Ordnung, *zio*. Ich bringe sie nachher mit hoch.« Er würde das schon irgendwie hinbekommen.

Wenig später machte sich Ennio auf den Weg in den Laden. Er ging immer gerne zur Arbeit. Aber heute ging er nicht nur gerne, sondern mit klopfendem Herzen. Und das war alles Velias Verdienst.

Belvedere di Punta Tragara – der schönste Aussichtspunkt Capris.
Unter ihnen das Meer, die Faraglioni Felsen.
Über ihnen die Nacht, wie aus Samt.
In ihnen so viel Gefühl.
Wohin damit? Dio mio, wohin damit?
Lippen, die sich endlich, endlich treffen.
Sie, die Prinzessin, und er, der sich erhaben fühlt wie gar ein König.
Es gibt sie, die perfekten, unvergesslichen Momente, die das Leben zum besten,
schönsten, vollkommensten Spektakel machen.
Ja, es gibt sie.

Kapitel 11

Bad hair day.

Bad mood day.

Alles zusammen.

Alles auf einmal.

Das war das, was ihr das Spiegelbild sagte, das war das, was ihr Innerstes sagte. Velia musste trotzdem zur Arbeit.

Aber gerade musste sie das Telefonat mit Niklas verarbeiten. Zwei Welten waren aufeinandergeprallt. Und sie musste sehen, wie sie beide unter einen Hut bringen konnte.

»*Buongiorno!*« So hatte sie das Telefonat begonnen. Mit einem Gruß. Gleich nach dem Aufstehen.

Niklas hatte dazu erst mal geschwiegen.

»Du, gestern war wirklich ein stressiger Tag mit der neuen Arbeit im Sandalen-Laden. Ich habe es nicht mehr geschafft, mich zu melden.«

»Das habe ich gemerkt. Deshalb habe auch ich mich bei dir gemeldet. Hattest du so viel Stress, dass du das Handy nach Mitternacht nicht gehört hast?«

»Ich hatte das Handy in der Tasche.«

»In der Tasche.« Keine Frage. Eine Feststellung.

»Ja, Niklas, meine Güte, ich hatte es halt mal in der Tasche. Du hast doch sonst auch nicht so ein dringendes Bedürfnis, mit mir zu sprechen. Was meinst du, wie oft ich schon bei dir angerufen habe und du hast es nicht gehört, hattest es nicht dabei oder einfach in der Hosentasche, und, was weiß ich, keinen Bock auf meine Stimme. Fühlt sich scheiße an, hm?«

»Moment, werde ich hier gerade für irgendwas bestraft? Wenn ja, dann erkläre mir bitte den Grund. Ich bin mir nämlich keiner Schuld bewusst.«

Das war ja das Schlimme an der ganzen Geschichte. Er war sich keiner Schuld bewusst ... Wie sollte er auch? Sie hatten nie ernsthaft über ihre Probleme geredet, nur immer alles, was eben nicht lief, unter den Tisch gekehrt. Das musste jetzt aufhören.

»Ich habe nicht angerufen, um mit dir zu streiten, Niklas.«

»Sondern? Um mit mir Schluss zu machen?«

In diesem Moment hatte Velia einen so großen Kloß im Hals gespürt, dass sie meinte, daran zu ersticken. »Nein. Aber vielleicht sollten wir ... eine Pause einlegen. Ich denke, wir sollten dringend überdenken, ob es für uns eine Zukunft geben kann, mit der beide glücklich sind. Ehrlich, ich möchte nicht mein ganzes Leben lang mit deinen Kühen konkurrieren. Das kann ich einfach nicht mehr so hinnehmen.« Sie glaubte, Gift und Galle im Rachen zu spüren. Noch nie in ihrem Leben war es ihr so schwergefallen, Worte über ihre Lippen zu bringen. Es waren aber vielleicht auch noch nie so wahre Worte von ihr gesprochen worden. Zumindest nicht in ihrer Beziehung mit Niklas.

Gerne hätte sie gerade in diesem Augenblick eine starke Reaktion von Niklas gehabt.

Empörung, Wut. Trauer. Irgendwas.

Stattdessen hatte er einfach aufgelegt.

Und Velia hatte sich daraufhin tatsächlich die Haare gerauft. Was dazu geführt hatte, dass sie jetzt aussah, wie einmal gekaut und ausgespuckt.

Sie seufzte. Wusch sich erneut das Gesicht und ging in die Küche, um sich einen starken Kaffee zuzubereiten.

Den brauchte sie dringend.

Und schon der Geruch war ein bisschen tröstend.

Sie goss sich ein Tässchen davon ein, überlegte, das Getränk auf der

Dachterrasse zu sich zu nehmen. Tat es aber dann nicht. Weil sie einen in ihrem Geiste herumschleichenden Ennio jetzt auch nicht unbedingt gebrauchen konnte. Also setzte sie sich an den Küchentisch. Und legte die Stirn auf das kühle Holz.

Eine innere Stimme sagte ihr, dass sie spät dran war, also raffte sie sich auf, machte sich fertig und ging zur Arbeit. Mit dem Gefühl, als hätte sie einen Kater.

Ennio stand schon im Laden, hinter seiner Theke, wo er an einer Sandale arbeitete. Federn lagen vor ihm. Er schien konzentriert. Trotzdem blickte er auf, als sie eintrat. Ein spontanes, wunderschönes Lächeln huschte über sein Gesicht, als er sie grüßte.

So, genau so sollte ein Mann eine Frau grüßen, fand Velia.

»Was wird denn das?«, erkundigte sie sich.

»Eine Sonderanfertigung. Für Salvo.«

»Er trägt Sandalen mit Federn?«

Sie lachten beide. Ganz unbekümmert.

»Nicht für Salvo. Für Salvos Prinzessin«, korrigierte er sich also.

»Dann sind sie also praktisch für mich.«

Ennio blickte so überrascht auf, dass sie sich fragte, in welches Fettnäpfchen sie wohl getreten war. Sie hatte auf ihr Treffen mit Salvo am Vortag angespielt. Nicht mehr und nicht weniger. Aber er sah sie noch immer an, als hätte sie gerade eine Offenbarung von sich gegeben, die für die Weltgeschichte von enormer Wichtigkeit war.

»Würdest du sie denn anprobieren?«

»Ich dachte schon, du fragst nie. Immer her damit!«

Sie nahm vorsichtig die gelbe Sandale entgegen. Offen gestanden war sie kein großer Fan von Federn. In diesem Fall aber waren sie so gekonnt und dezent angebracht, dass sie keineswegs störten. Ganz im Gegenteil. Ihr sanftes Grün machte die Sandale sogar erst vollkommen.

Vorsichtig schlüpfte sie in die Sandale, bückte sich, um die winzige Schnalle festzuziehen und erhob sich dann wieder.

Entzückend! Einfach entzückend.

Sie sah sich im Spiegel an, blickte dann auf und erhaschte im Spiegel noch Ennios Bewunderung. Dann sah er weg.

»Sie passen!«, sagte sie, um die Bewunderung zu vergessen, die sie eben in seinen Augen gelesen hatte.

»Und sie gehören dir, wenn ...«

»Wenn?«

»Wenn du sie bitte auch gleich zum Mittagessen mit Salvo, mit uns allen oben trägst.«

»Oh. Das war aber mal eine romantische Einladung!«

Sie sah, wie Ennio fast zusammenzuckte und hätte ihre zum Spaß dahingesagten Worte am liebsten wieder zurückgenommen.

»Ich bitte um Verzeihung«, sagte er.

»Oje. Nein, nein. Das brauchst du weiß Gott nicht! Ich habe doch nur Spaß gemacht. Und ich würde sehr gerne zum Mittagessen kommen.«

»Das ist gut«, erwiderte er und sah sie ein paar Augenblicke lang an. »Das wird Salvo freuen.«

Und dich?, fragte sich Velia ganz spontan und still.

Dann kam zum Glück Mariasole, drückte ihr statt eines Grußes wieder eine Papiertüte in die Hand, die, das erkannte Velia am Duft, wohl erneut *Caprilù*-Kekse enthielt.

Mariasole rollte mit den Augen. »Frag nicht. Dein Chef hat wohl davon Wind bekommen, dass du Zitrone magst und mich nötigt er jetzt jeden Morgen dazu, mit Horden von Touristen zu kämpfen, um an diese bescheuerten Kekse zu kommen, die ganz Capri innig zu lieben scheint.«

»Ich kann dich hören«, mischte Ennio sich trocken ein.

»Das will ich doch hoffen!«

»Ähm, ich danke euch beiden«, fühlte Velia sich verpflichtet zu sagen. »Das wäre doch gar nicht ...«

»Doch. Doch, doch, doch. Du sollst deine Kekse meinetwegen gerne haben. Aber vielleicht holt sie Ennio mal selbst?« Mariasole baute sich vor Ennio auf.

»Keine Sorge, Velia. Mariasole macht sich gerne mal wichtig. Alles gut«, versicherte Ennio ihr.

Und dann drehte sich Mariasole auch schon lachend zu ihr um. »Er hat recht. Ich habe nur Spaß gemacht. Es war dieses Mal eine Idee von mir. Die Sache mit den Keksen.«

»Heute ignorierst du sie am besten«, schlug Ennio vor. »Sie hat am Abend ein Konzert. Da dreht sie immer schon Stunden vorher durch.«

»Ja, und ich freue mich schon riesig drauf«, rief Velia aus. »Es findet auf einer Yacht statt, nicht?«

»Stimmt genau. Unten am Hafen. Ennio hat auch eine Karte. Ihr könnt ja zusammen kommen. Aber jetzt muss ich los. Zum Friseur. Heute schafft ihr den Betrieb allein, nicht wahr?«

»Hau schon ab!«, sagte Ennio.

Mariasole hinterließ ein ähnliches Chaos wie nach einem Sturm. Nur war das Chaos nicht sichtbar. Das verwirrte Velia leicht. Aber an diesem Tag rechnete sie ohnehin nicht damit, dass sie irgendwann auf den grünen Zweig kam. Dazu hatte er viel zu schlecht angefangen.

»Sie ist manchmal etwas überschwänglich«, mischte sich Ennio in ihre Gedanken.

»Das ist in Ordnung. Ich mag sie.«

»Ja. Es ist tatsächlich schwierig, sie nicht zu mögen.«

»Ich freue mich schon darauf, sie singen zu hören.«

»Ja. Hätte sie die Möglichkeit, einen Traum zu angeln, dann wäre es der, mit ihrer Musik groß rauszukommen.«

Die offensichtliche Anspielung an ihren Abend auf der Dachterrasse machte Velia kurz verlegen.

»Das klingt schön. Bei ihrem Charakter sollte es wohl auch nicht allzu schwierig sein.«

»Naja. Seit sie Mutter ist, ist sie schon etwas bodenständiger geworden.«

Sie war Mutter? Das passte irgendwie gar nicht zu Mariasole. Aber wer war sie schon, um zu urteilen?

Die ersten Kunden kamen. Zum ersten Mal verkaufte Velia Männersandalen. Zum ersten Mal bekam sie dickes Trinkgeld – sie wusste nicht mal, dass man als Sandalen-Verkäuferin überhaupt die Möglichkeit hatte, sich eines zu verdienen. Zum ersten Mal verbrachte sie einen Vormittag Seite an Seite nur mit Ennio – ohne Mariasole, die mit ihrer aufbrausenden Persönlichkeit den Laden ganz allein füllen konnte. Zum ersten Mal erfuhr sie, wie es sich anfühlte, von einem Mann wertgeschätzt zu werden. Denn Ennio lobte sie nach jedem Verkauf. Hob den Daumen. Zwinkerte. Nickte.

Und das fühlte sich so aufregend neu und überraschend gut an, dass Velia sich sogar verzieh, den gesamten Vormittag mit zwei verschiedenen Sandalen an den Füßen gearbeitet zu haben. Sie merkte es erst, als Ennio ihr die zweite gelbe Sandale mit Federn reichte.

• • •

Zum ersten Mal seit Langem ging Niklas mit einem Kumpel weg. Er musste mal raus. Weg vom Hof. Weg von seinen Gedanken, die seit dem Telefonat mit Velia in seinem Kopf herumwanderten wie aufgescheuchte Ameisen.

Sein Kumpel, Jörg, kannte ihn schon aus dem Kindergarten. Er wusste zum Glück, dass Niklas kein großer Redner war. Deshalb tat er das, was Kumpels eben füreinander taten: Er bestellte Niklas ein Bier nach dem anderen.

Das Bier schaffte es dann auch, Niklas' Blockaden zu lösen.

»Sie will Bedenkzeit! Was heißt denn das bitteschön?«

Jörg zog die Schultern so weit hoch, dass sein Hals beinahe komplett verschwand. »Frag mich nicht, Alter!«

»Es war doch alles gut ...« Niklas verstand tatsächlich nicht, was passiert sein könnte.

»Du findest das gut, dass du deine Freundin nur alle paar Wochen siehst?«

»Naja. Es ist nicht ideal. Aber gut ist es allemal.«

»Und das reicht dir? Dass deine Beziehung gut läuft?«

Niklas dachte nach. Ihm reichte das. Warum reichte es Velia nicht?

»Was soll ich denn machen? Was erwartet sie von mir?«

»Keine Ahnung. Frauen sind und bleiben für mich ein unlösbares Rätsel. Ich weiß nur, dass sie alle heiraten wollen.«

Heiraten?!

Niklas kippte fast vom Hocker. Und das lag nicht nur am vielen Bier, das er inzwischen intus hatte.

Heiraten? War es möglich, dass Velia auf einen Heiratsantrag wartete?

Je mehr er darüber nachdachte, desto plausibler erschien ihm diese Eventualität.

Doch was war mit ihm? Wollte er heiraten? Noch nie hatte er konkret über diese Möglichkeit nachgedacht. Er hatte nie auch nur einen Gedanken daran verschwendet. Nicht, dass er von vornherein gegen die Ehe war. Das nicht. Nur ... hm ... ja, warum hatte er eigentlich noch nie darüber nachgedacht?

»Meinst du, ich soll ihr einen Antrag machen?« Er fragte das Jörg. In seinem Kopf fand er nämlich beim besten Willen keine Antwort drauf.

»Kannst du dir denn ein Leben mit ihr vorstellen? Ich meine, ein ganzes, langes Leben. In guten wie in schlechten Tagen und so?«

Konnte er das? Er musste mit den Achseln zucken.

»Wenn du es nicht weißt, dann ist sie vielleicht nicht die Richtige.«

»Ich muss einfach darüber nachdenken.«

»Tu das, Alter. Aber jetzt trink noch ein Bier.«

Niklas nickte. Trank noch ein Bier und dann noch eines.

Als er Stunden später zu Hause auf seinem Bett lag, drehte sich ihm alles vor Augen. Es wurde auch nicht besser, als er die Augen schloss. Was hatte Velia da nur angestellt? Warum hatte sie ihr Leben derart durcheinandergebracht?

Er nahm ein Kissen in Herzform und bedeckte sich damit das Gesicht. Velia hatte ihm das mal geschenkt. Er hasste es! Er hasste all das romantische Zeug, das sie ihm immer wieder mitgebracht hatte. Ja, er wusste, dass sie ihm jedes noch so kleine Mitbringsel mit ganzem Herzen geschenkt hatte. Diese Gewissheit änderte jedoch nichts an der Tatsache, dass er das Zeug für Ramsch hielt.

Kurz entschlossen stand er vom Bett auf, wankte heftig, schaffte es aber trotzdem auf den Beinen zu bleiben. Er ging wackelig in die Küche. Holte sich eine Mülltüte und begann, alles reinzuwerfen, was Velia ihm so in den Jahren geschenkt hatte. Kuscheltiere, Kissen, Fotos, Fotopuzzles, Tassen.

Was für eine Befreiung!

Den Topf behielt er. Den mochte er. Auch den hatte Velia ihm geschenkt, weil sie der Meinung gewesen war, dass jeder Haushalt einen Topf brauche, in dem man eine ganze Kilotüte Pasta kochen konnte.

Eine ganze Mülltüte voll mit ... Velia. Nun, nicht direkt mit ihr. Aber mit vielen materiellen Dingen, die für ihren Charakter standen. Eine Mülltüte voll mit ihrer Romantik. Mit ihrem Hang zum Kitsch.

Niklas atmete tief. Wartete darauf, dass sich das schlechte Gewissen meldete. Dass er sich wie ein Arschloch fühlte.

Nichts derartiges passierte.

Er fühlte sich nur frei. Erleichtert.

So erleichtert, dass er sofort in einen tiefen Schlaf fiel.

Skandal.
Mit diesem Wort hatte er sich noch nie konfrontiert gesehen.
Er lebte sein einfaches Leben. Hatte nichts am Hut mit derartigen Worten.
Er hörte es zum ersten Mal laut ausgesprochen aus ihrem Mund.
Skandal.
Er mochte das Wort nicht.
Er wollte auch nicht mit diesem Wort in Verbindung gebracht werden.
Doch sie hatte es ausgesprochen.
Daran konnte er jetzt nichts mehr ändern.
»Wenn sie uns gemeinsam im Hotel sehen, gibt es einen Skandal.«
Das hatte sie gesagt. Damit hatte sie all das Schöne vergiftet.

Kapitel 12

»Ingrid, meine Schöne! Du trägst sie bereits? Gefallen sie dir?«

Ennio hatte Velia mit nach Hause genommen. Franca, Edmondo und *zio* Salvo saßen bereits bei Tisch. Ihm schlug das Herz trotzdem oder vielleicht gerade deshalb bis in den Hals. Er war es nicht mehr gewöhnt, Frauen, für die er etwas empfand, mit nach Hause zu nehmen.

Er hatte Velia den ganzen Vormittag lang im Laden beobachtet. Etwas schien sie zu bedrücken. Und er hatte den Eindruck, dass er etwas mit ihrer Stimmung zu tun hatte. Deshalb fand er sie aber nicht minder attraktiv. Eher im Gegenteil.

Dann aber rief er sich ins Gedächtnis, dass sie nicht wegen ihm hier war. Sondern wegen des heute fidelen Mannes, der in einem Rollstuhl saß, aber so jung wie schon lange nicht mehr erschien.

»Ja, danke, Salvatore. Sie sind wundervoll.«

»Mit Federn.«

»Richtig. Mit Federn.«

Salvo lachte. Er war so glücklich. Ennio konnte kaum hinsehen. Es rührte ihn, den Großonkel so zu sehen, so zu erleben.

Velia setzte sich neben den alten Mann. Legte, ganz natürlich, ihre Hand auf Salvos. Und er nahm sie sanft. Seine alte, hagere Hand mit Velias zarter, junger Hand hätten nicht stärker kontrastieren können. Und doch passten sie perfekt.

»Bist du hungrig, Ingrid?«

»Ja. Sehr.«

Ennio half Franca. Weil er noch immer nicht hinsehen konnte. Er kannte sich ja. Am Ende fing er noch an zu heulen wie ein kleiner Junge. Und das wollte er dem Gast nun wirklich nicht zumuten.

»Ich wette, du isst trotzdem nur wie ein Spatz.« Salvo wieder.

»Du kennst mich eben zu gut.«

»Ja. Das tue ich. Keiner kennt dich wie ich.«

Velia lächelte nur. Vermutlich wusste sie nichts mehr zu sagen. Ennio hatte jedenfalls das Gefühl, ihr helfen zu müssen.

»Darf ich etwas Wein einschenken?«, fragte er deshalb direkt Velia.

Sie blickte dankbar auf. »Sehr gerne, *grazie*.«

»Ist er auch schön kühl? Sie trinkt nur gut gekühlten Weißwein«, mischte Salvo sich wieder ein.

»Ja, *zio*, er ist schön kühl.«

»Ich würde sagen, er ist geradezu perfekt!«, sagte Velia und nahm einen Schluck.

Franca trug die Nudeln auf.

»Zitronennudeln«, bemerkte Velia.

»Franca ist eine hervorragende Köchin. Aber wenn du magst, gehen wir wieder in unser Lieblingsrestaurant. Möchtest du?«

»Wann immer du willst.«

Salvo nahm ihre Hand wieder, führte sie zu seinen Lippen und drückte kaum merklich, sehr respektvoll einen Kuss drauf. »Du machst mich zum glücklichsten Mann auf Erden, meine liebste Ingrid.«

»Und du mich zur glücklichsten Frau.«

»Alles ist perfekt, wenn du da bist.«

Ennio ertappte sich dabei, mit Salvo Platz tauschen zu wollen. Er war gefangen von ihrer Sensibilität. Sie war so einfühlsam zum alten Mann. Das konnte nicht einfach nur gespielt sein. Entweder man war feinfühlig, oder man war es nicht.

Sie begannen zu essen. Erst ein bisschen steif. Wobei der entspannteste noch immer Salvo war. Dann aber schienen alle zu vergessen, dass sie dem Mann nur etwas vorspielten. Irgendwann wurde das Essen zu einem schönen Familienessen. Sie nahmen es alle so hin, dass Velia heute Ingrid war. Und sonst war ohnehin alles normal. So normal, wie es mit einem senilen alten Mann eben sein konnte.

Ennio verbrachte die meiste Zeit damit, jede Geste von Velia zu beobachten, ja, fast zu verinnerlichen. Er mochte es, wie sie sich bewegte. Er mochte ihre Gestik. Ihre Hand, wenn sie damit die widerspenstige Haarsträhne hinter ihrem Ohr feststeckte. Er mochte es, wie sie in seine Familie passte.

Er mochte *sie*.

Salvo wurde nach dem Essen so müde, dass er darum bat, sich zurückziehen zu dürfen. Ennio wusste, dass er das tat, um sich keine Blöße vor seiner Ingrid geben zu müssen. Deshalb drückte er seinem Großonkel einen Kuss auf die Stirn, bevor Franca ihn in sein Zimmer schob.

»Wofür war das denn?«, fragte der Mann lachend. Und übertrieben über die Stelle wischend, auf die Ennio ihm einen Kuss gegeben hatte.

»Einfach so.«

»Du solltest lieber eine Frau küssen, *stupidino*.«

Da hatte Salvo gar nicht so unrecht, fand Ennio.

Er machte sich dann daran, das Geschirr in die Spüle zu räumen. Velia stand sofort auf und half mit. Sie waren jetzt allein in der Küche.

»Das musst du nicht«, stellte Ennio gleich klar. Sie tat ohnehin schon so viel mehr als notwendig.

»Ich weiß«, erwiderte sie, machte aber trotzdem weiter.

Klack, klack. Klack, klack.

Seine Sandalen auf seinem Küchenboden. An ihren Füßen.

Er schluckte.

»Ich seife ein und du wäschst ab?«, schlug sie vor.

»Ich wasche *und* trockne ab.«

»Du lässt nicht locker, hm?«

Sie band sich ein Küchentuch um, das sie in einer Schublade fand. Als wäre sie hier zu Hause, überlegte er und fragte sich dabei, ob sie sich hier überhaupt wohlfühlen würde.

»So viele Gedanken«, stellte sie fest, während sie das Spülbecken mit Wasser füllte. Sie nahm das Geschirrspülmittel zur Hand, drückte ein paar Tropfen davon ins Wasser und wirbelte es dann auf, sodass Schaum entstand. »An was denkst du denn die ganze Zeit so konzentriert?«, fragte sie dann ganz direkt.

Gerne hätte er zugegeben, dass er an sie dachte. Daran, wie wundervoll und perfekt sie in sein Leben passen würde. Davon, wie schwierig es für ihn war, neben ihr zu stehen, ohne sie zu berühren. Aber sie hätte ihn sicherlich – und zu Recht – für verrückt erklärt. Er fand es ja selbst verrückt, dass er sich auf den ersten Blick in sie verliebt hatte. Das war sonst nicht seine Art.

»Ich denke an Salvo«, erwiderte er, als sein Schweigen allmählich sogar ihm selbst suspekt wurde.

»Er ist ein feiner Kerl.«

»Ja. Das ist er tatsächlich. Und seit er dich kennt, ist er viel ruhiger geworden.«

»Er denkt, ich sei Ingrid.«

»Sieht so aus.«

Sie begann ihm die Teller voller Schaum zu reichen. Er spülte den Schaum weg und stellte die Teller nach und nach ins Abtropfgestell. Wie ein ganz normales Paar.

»Ich wüsste so gerne mehr über diese Frau. Was meinst du, was sie für einen Eindruck hinterlassen haben muss, wenn er jetzt, wo er nicht mehr hundertprozentig klar im Kopf ist, noch immer an sie denkt?«, begann sie laut zu überlegen.

»Den besten Eindruck überhaupt. Das ist schon mal sicher. Vielleicht war sie ... eine Touristin.«

»Ja. Und vielleicht hatten sie eine Romanze.«

»Genau. Und dann musste sie wieder nach Hause und er hat immerzu an sie gedacht.«

»Meinst du?«, fragte sie und begann die Pfannen zu waschen. »Ist das nicht zu banal? Würde er sie dann Prinzessin nennen?«

»Ich glaube kaum, dass eine echte Prinzessin etwas mit meinem Großonkel gehabt haben könnte.«

»Wieso nicht? Dem Herzen kann man nichts befehlen, oder?«

»Nein. Das kann man wohl nicht. Und möglich ist alles. Sogar, dass Salvo sich alles nur einbildet.«

Sie warf empört mit Schaum nach ihm. »Hey, du wirst meine romantischen Vorstellungen jetzt nicht zunichtemachen!«

Er hob in Abwehrhaltung beide Hände. »Ich werde mich hüten!«

»Hast du noch Lust auf ein Eis oder so?«

Er sah, wie sie nach ihrer Frage leicht errötete und bewunderte sie gleichzeitig für ihren Mut. Trotzdem überlegte er, ob es nicht besser war abzulehnen. »Willst du denn nicht endlich in deine wohlverdiente Mittagspause?«

»Bin ich doch schon.«

»Na, dann.«

•••

Es war schon etwas seltsam mit Ennio durch Capri zu spazieren. Besonders nach dem Streit mit Niklas am Morgen. Velia versuchte sich einzureden, dass Ennio nichts mit dem Streit zu tun hatte. Es gelang ihr nicht wirklich. Der Streit hatte sehr wohl mit ihm zu tun. Wenn auch nur marginal.

Capri war zu dieser Uhrzeit verhältnismäßig ruhig, sonnig, wundervoll. Velia vermutete, dass der Hauptteil der Bevölkerung gerade entweder Siesta hielt oder sich in irgendeiner Weise am Meer erfreute. Die Gassen waren jetzt jedenfalls fast ausschließlich für die Einheimischen reserviert. Das merkte sie an der Gemütlichkeit der Passanten. Das merkte sie aber auch daran, wie die Passanten Ennio grüßten. Per Handschlag. Kopfnicken. Zwinkern. Oder mit gehobener Hand. Ihr Arbeitgeber war offensichtlich bekannt wie ein bunter Hund. Capri war aber auch überschaubar. Logisch, dass sich alle Einheimischen kannten.

Sie hielten an einer unscheinbar wirkenden Eisdiele, in der Via l'Abate. Sie hieß *Freddissimo – sehr kalt*, was Velia schon mal sympathisch fand.

»Was möchtest du? Eis, *granita*, Eiskaffee, Shake? Hier gibt es alles, was kalt ist«, erklärte Ennio ihr und grüßte den Eisverkäufer.

»Ich nehme ein ganz normales Eis, denke ich.«

»Mir warmer Waffel?«

»Oh ja, bitte!«

»Was soll es sein? *Fantasia di Capri?*«

»Keine Ahnung. Nach was schmeckt denn das?«

»Nach Caprese-Kuchen. Mit leichter Zitronennuance.«

»Das klingt perfekt!«

Ennio lächelte zufrieden. Und Velia war glücklich, ihn zum Lächeln zu bringen. Es war einfach ... gut. Ein besseres Wort fiel ihr nicht dafür ein, den Tag in Gesellschaft dieses Mannes zu verbringen. Er war gut. Er tat ihr gut. Neben ihm vergaß sie alles andere. Neapel. Niklas. Alles. Und er tat noch nicht mal etwas, um ihre ganze Aufmerksamkeit auf sich zu ziehen. Er war einfach nur nett und zuvorkommend. Ein guter, lieber und, das wollte sie gerne zugeben, wahnsinnig gut aussehender Mann. Groß, wohlgebaut, etwas dunklere Haut, schwarzes Haar, schwarze Augen. Und sein Gesicht. Das war so ausdrucksvoll und gut geschnitten, dass es eine Freude war, ihn anzusehen.

»Jetzt kommt das Beste!«, freute er sich und zeigte auf ein Gerät, in das der Eisverkäufer Teig gab. Ein Waffeleisen, erkannte Velia. Sofort verbreitete sich ein unbeschreiblich guter Duft. Nach Gebackenem, nach Zucker. Der Teig blieb nur kurz im Waffeleisen. Gekonnt nahm der Eisverkäufer die hauchdünne Waffel aus dem Gerät und legte sie mit sicheren Bewegungen um eine kegelförmige Vorrichtung, um der Waffel die typische Eiswaffelform zu geben. Dort erkaltete sie etwas.

»Das riecht schon so lecker. Wie hervorragend muss das Ganze jetzt noch schmecken?«

»Besser als alles, was du dir vorstellen kannst.«

»Du verwöhnst mich.«

Er zuckte mit den Schultern. »Irgendwie muss ich mich ja erkenntlich zeigen.«

»Das musst du nicht.«

»Sei doch nicht so bescheiden!«

»Es geht nicht darum, dass ich bescheiden sein will. Es geht darum, dass ich alles wirklich, wirklich gerne tue. Bei dir arbeiten. Mit Salvatore essen. Mit dir Teller waschen. Von dir Eis bekommen. Ich bin hier genau da, wo ich sein möchte.« Sie merkte erst nachdem sie alles gesagt hatte, dass sie viel zu leidenschaftlich geklungen hatte. So war das gar nicht geplant gewesen. Sie hatte ihm nur zu verstehen geben wollen, dass sie alles gern tat.

Natürlich erwiderte er nichts. Er drückte ihr einfach nur das Eis in die Hand. Sie spürte, dass die Waffel noch warm war. Sie spürte aber auch, dass sein Blick viel kommunizierte. Besonders in diesem schweigsamen Moment. Sie war aber nicht mutig genug, ihm standzuhalten. Stattdessen leckte sie an *Fantasia di Capri*. Das Eis schmolz leicht wegen der warmen Waffel und hatte genau die Konsistenz, die Eis haben sollte.

Die Kombination war perfekt.

»Schmeckt es?«, erkundigte er sich und leckte selbst an seinem Eis, während er sie vorsichtig zu einer Bank führte, die im Schatten stand.

Sie setzten sich.

»Es ist himmlisch«, lobte sie. Und sie meinte nicht nur das Eis. Sie meinte die ganze Situation. Es war schon seltsam. Wie konnte sie einerseits so traurig wegen ihres Streites mit Niklas sein und andererseits so glücklich, mit Ennio Eis zu essen?

»Vermisst du die Stadt?«, wollte Ennio wissen.

Hm. Tat sie das? »Keine Ahnung. Ein bisschen schon vielleicht. Ich liebe Neapel.«

»Du kannst jederzeit aufs Festland. Wann immer du willst. Das solltest du wissen.«

»So schlimm ist es nun auch wieder nicht. Ich bin ja erst seit ein paar Tagen hier, und ich kann sogar aufs Festland blicken.«

»Ist ja nicht unbedingt dasselbe ...«

»Nein. Ist es wohl nicht.«

»Meine Mutter ist für meinen Vater hier auf der Insel geblieben. Ich denke, als gebürtige Neapolitanerin hat sie ihre Stadt jede Sekunde vermisst. Mein Vater war kaum unter der Erde, da ist sie schon abgereist. Sie wohnt jetzt in der Stadt.«

Sie überlegte, was er ihr damit sagen wollte. Er konnte die Situation seiner Mutter doch nicht mir ihrer vergleichen. Oder?

»Es ist leicht, sich aufzuopfern, wenn man liebt.«

»Ja.« Er nickte beipflichtend und leckte sich Eis von der Lippe, was ihre ganze Aufmerksamkeit auf seinen Mund zog. Er war herrlich und einladend, geradezu perfekt geschwungen. Sie musste sich räuspern.

»Ich halte aber nicht viel von Aufopferung. Sie kann eine Beziehung nämlich auch kaputt machen«, fuhr er fort.

Er sprach über Beziehungen. Sie dachte an seinen Mund.

Wie waren sie in diese Situation geraten? Und was hatte das zu bedeuten? Sie waren doch nur Eis essen.

Er stand auf, holte eine Serviette, setzte sich wieder zu ihr auf die Bank.

»Dir tropft Eis aufs Bein«, stellte er fest und tupfte es vorsichtig weg.

»Oh.« Nichts davon hatte sie bemerkt. Und jetzt merkte sie auch nur, dass seine Berührung ihren Hals trocken machte.

Großer Gott, sie war dabei, sich in Ennio zu verlieben.

Er schob ihr sanft eine Haarsträhne hinter das Ohr. Und ihr Herz fiel ihr aus der Brust.

Plop.

Auf Capri konnte man sein Herz verlieren. Das hatte sie schon gehört. Dass es auf diese Weise geschehen würde, das hätte sie jedoch niemals gedacht.

Auf dem Meer gibt es keinen Skandal.
Hier gibt es die Wellen, das Boot, den Mond, die Sterne.
Hier gibt es sie beide.
Und das Boot schaukelt.
Sanft.
Er glaubt, er könnte vor Glück sterben.
Sie weiß, dass dieser Moment wertvoller ist als alles.
Auf dem Meer gibt es keinen Skandal.
Nicht für sie.
Nicht heute Nacht.

Kapitel 13

Mariasole konnte nicht glauben, dass das wirklich gerade ihr passierte. Sie blickte abwechselnd in den Spiegel und in das Gesicht der Friseurin, die sich in eine Statue verwandelt hatte – oder fast. Sie sah jedenfalls nicht so aus, als würde sie noch atmen.

»Zu dunkel?«, krächzte die Friseuse und hielt sich an dem Handtuch fest.

»Etwas …«, glaubte Mariasole gesagt zu haben. Aber sie hörte ihre Stimme nicht. Entweder hatte sie zu leise gesprochen oder das Rauschen in ihren Ohren war zu laut.

»Es steht dir aber …«

»… gar nicht!«

»Es lässt deine Augen …«

»… wie Froschaugen aussehen.«

Die Friseurin, Stela mit einem L, bei der Mariasole schon seit Ewigkeiten Kundin war, weil sie ihren üblichen Schnitt ordentlich hinbekam und sie dafür nicht allzu viel bezahlen musste, war offensichtlich den Tränen nahe. Eigentlich tat sie ihr leid. Andererseits aber gar nicht.

»Kann man das noch richten?«

»Auf jeden Fall. Das wäscht sich wieder raus. Oder wir bleichen es und färben noch mal drüber. Oder …«

»Okay. Ich stelle meine Frage anders: Kann man jetzt, in diesem Moment noch was machen?«

Stela mit einem L schüttelte ihren Kopf, mitsamt ihres verdammt perfekten Bobs.

»Schöne Scheiße ...« Mariasole wunderte sich, dass man ihren inneren Schrei nicht auch draußen hörte.

Sie näherte sich erneut dem Spiegel. Rabenschwarz war das Haar. Sie glaubte sogar einen Blaustich zu erkennen. Die Farbe, die sie hatte ausprobieren wollen, nannte sich *cioccolato* – Schokolade. Das, was dabei herausgekommen war, war schwarze, schwärzeste Nacht.

Immerhin hob die Farbe ihre Augenringe hübsch hervor. Und ihre blasse Haut, die schien einen Grünstich zu haben.

»Ich möchte bitte sterben!«

Das war die einzige Lösung. Sie konnte unmöglich so unter die Leute gehen. Und schon gar nicht vor Leuten singen.

Stela mit einem L weinte jetzt ganz ungeniert. Strafe musste sein, fand Mariasole, die sie absichtlich nicht tröstete. Sollte sie in ihrem eigenen Saft schmoren.

»Vielleicht kann Coco noch was machen ...«, überlegte die Friseurin laut.

»Hör schon auf. Wenn ich auch noch Coco an mich ranlasse, dann kann ich mir auch gleich die Kugel geben.« Coco war bekannt dafür, Capris Elite zu stylen. Coco war aber auch bekannt dafür, dass Capris Elite nach dem Styling meist aussah wie auf dem Weg zum Maskenball. Und das war überhaupt nicht ihr Ding.

»Schlimmer kann er es gar nicht machen«, wandte Stela vorsichtig ein.

Hundert Punkte für die Ehrlichkeit.

»Na schön! Dann hol von mir aus Coco!«, willigte Mariasole ein. Aber dann schloss sie die Augen. Sie konnte und wollte nicht mehr in den Spiegel blicken. Ein trister Grufti mit Augenringen bis zum Boden war nämlich das, was sie darin sah. Und das am Tag eines so wichtigen Auftrittes.

Coco – eigentlich hieß er ja Ciro Contini – rauschte Ewigkeiten später in den Salon. Zuerst erreichte Mariasole sein Parfum, dann sein Anblick und ganz zum Schluss sein Halstuch. Mitten ins Auge.

Nach einem theatralischen Gruß sah er sie an. Sein Gesichtsausdruck verwandelte sich von interessiert in angeekelt. »Zuerst möchte ich dich beruhigen: Noch ist nicht alles verloren.« Er faltete seine Hände jetzt wie ein Priester vor seinem platten Bauch. »Aber ich muss eine Menge tun. Das kann Stunden dauern. Kannst du dir meinen Stundenlohn leisten?«

Mariasole schnappte nach Luft.

»Ich übernehme das. Du bekommst alles, was du verlangst«, mischte Stela sich ein. Auch sie hatte zusammengefaltete Hände und Mariasole musste sich fragen, ob wirklich nur noch beten half.

»*Benissimo*. Dann kann es ja losgehen!« Coco stellte sich hinter Mariasole. Sie saß noch immer in ihrem Salonsessel vor dem wandhohen Spiegel, der nichts verbarg. Er begann an ihrem Haar zu zupfen, ließ sich eine Schere bringen.

»Die Länge finde ich eigentlich ...«, wagte sie einzuwenden.

»Na, na, na!« Coco hob den rechten Zeigefinger vor den Mund. »Pssst«, sagte er. »Vertrau mir einfach.«

Vertrauen ... Mariasole spürte, dass sie einem hysterischen Anfall sehr, sehr, geradezu gefährlich nahe war.

»Was ziehst du für den Auftritt an?« Coco ließ nicht locker.

»Ein blaues Kleid.«

Er begann zu schneiden. *Ratsch, ratsch*. Sie schaffte es wirklich nicht, ihn über den Spiegel beim Arbeiten zu beobachten.

»Blau? Das geht nicht. Du brauchst ein schwarzes. Am besten eines mit geometrisch geraden Linien.«

Sie hatte kein schwarzes Kleid mit geometrisch geraden Linien – was auch immer das bedeutete.

»Könnte schwierig werden«, gab sie daher zu.

»Priscilla hat gerade welche, die perfekt zu deinem Look passen.«

Priscilla führte die *P.-Boutique*. Das war ein winziger Laden mit furchtbar teurem Designer-Zeugs. Mariasole hatte dort noch nie etwas gefunden. Was auch an den Preisen lag.

»Oft verleiht sie Outfits auch, wenn sie dafür in den richtigen Kreisen Werbung bekommt«, erwähnte er beiläufig, da er ihr Zögern offensichtlich ganz richtig gedeutet hatte.

Sie zuckte mit den Achseln. Jetzt war ihr auch schon alles egal.

»War das ein Ja?« Er wartete keine Antwort ab. »Dann rufe ich sie mal kurz an.«

Mariasole hörte nur mit halbem Ohr zu.

Apropos Ohren. Er hatte doch nicht etwa so geschnitten, dass ihre Ohren freilagen?

Endlich hob sie den Blick. Und sank innerlich in sich zusammen. Sie hasste ihre winzigen Ohren, die aussahen wie einer Barbiepuppe entnommen und an ihren Kopf geklebt.

»Meine Ohren ...«, beklagte sie sich leise, aber offensichtlich laut genug, dass Coco sie hörte, obwohl er noch immer mit Priscilla sprach.

»Was ist mit deinen Ohren?«, fragte er sie, als er aufgelegt hatte.

»Sie sind zu klein.«

Coco nahm wieder sein Handy zur Hand. »Und bring bitte gleich auch Ohrringe mit. Große Ohrringe.«

Danach bekam Mariasole nicht mehr viel mit. Sie hasste nämlich auch Ohrringe.

Coco schnippelte noch eine ganze Weile weiter. Mariasole fühlte sich ganz nackt am Kopf, als er endlich verkündigte, fertig zu sein.»So. Ich würde sagen, *das* ist ein Schnitt!«, behauptete er nicht gerade bescheiden.

»*Madre Santa!*«, rief sie aus.

»Das kannst du laut sagen!«

Mariasole stand auf. Sie konnte nicht glauben, was sie sah. »Bin ich das?«

»Siehst du, wie schön du sein kannst, wenn du Coco vertraust?«

Sie gab ihm ja nur sehr ungern recht, aber sie sah so gut aus, dass sie sich selbst nicht erkannte. Sie fuhr sich mit der Hand durchs extrem kurze Haar. Ihr Gesicht kam viel besser zur Geltung. Das Schwarz wirkte gar nicht mehr drückend, sah eher wie der richtige Rahmen zu ihrem Gesicht aus. Sie war ... wunderschön.

»Und warte erst mal, bis ich dich geschminkt und fertig gestylt habe!«

Wie auf Kommando erschien Priscilla mit einer Mitarbeiterin und diversen Kleidern im Schlepptau. Mariasole kam sich langsam vor wie im falschen Film.

Stela huschte nur noch von einer Ecke in die andere. Mariasole verstand dabei nicht, ob sie sich freute, so hohen Besuch zu haben, oder ob sie innerlich die gesamte Meute verfluchte.

Mit zwei Kleidern, die in die nähere Auswahl kamen, und Cocos Versprechen, sie kurz vor dem Konzert noch zu schminken und ihr beim Anziehen zu helfen, ging Mariasole nach Hause.

Die Bestätigung, dass sie wirklich gut aussah, bekam sie von einem Mann. Nun, von einem kleinen Mann. Alfio, ihr Sohn, hielt inne, als sie nach Hause kam und gaffte sie mit offenem Mund an. Dann lief er auf sie zu, umarmte sie und küsste sie rund tausendmal.

»Ich habe die schönste *mamma* auf der Welt!«, sang er.

Mariasole musste ein Tränchen aus ihrem Augenwinkel wischen, weil sie a) stolz auf das Gesangstalent ihres Sohnes war, der, immer dann, wenn er glücklich war, ganz hervorragend sang, und b) weil sie für ihn die schönste *mamma* auf der Welt war. Und das war ein wundervolles Kompliment!

• • •

Ennio schlüpfte in sein Hemd, spritzte sich ein bisschen Parfum an den Hals und war eigentlich aufbruchbereit. Ein bisschen zu früh dran nur. Er war irgendwie zu nervös gewesen, um abzuwarten. Aber jetzt hatte er doch noch Zeit. Also beschloss er, ein paar Minuten mit Salvo zu verbringen, der gute Laune zu haben schien. Ennio hörte ihn jedenfalls singen. Schöne Lieder über das Meer. Über die Wellen. Über das Blau. Über die Gischt. Und über die Verbindung zwischen Meer und Mond.

»Na, du? Was ist denn das für ein Lied?«

Der Großonkel zog die schmalen Schultern hoch. »Ich glaube, das gibt es nicht wirklich.«

»Wenn du es aber singst?«

»Wo ist mein Boot?«

Sein Boot? Das hatte er vor Jahrzehnten verkauft. »Im Hafen«, behauptete Ennio trotzdem.

»Sehr gut. Ich brauche es nämlich. Morgen.«

»Wir brauchen keinen Fisch, *zio*.« Wenn er ihm diese Idee schon von vornherein ausreden konnte, dann war das sicherlich besser.

»Ich will doch nicht angeln, *stupidino*. Ich und die Prinzessin, wir wollen aufs Meer.«

Oh, dieses Leuchten! Oh, diese Freude! Wie konnte Ennio ihm diese Freude nehmen? »Na, mal sehen. Morgen soll es ein bisschen stürmen.« Er hatte keine Ahnung, ob das stimmte.

»Dann kommst du einfach mit.«

Ja. So einfach.

»Gut. Dann also morgen.« Er konnte nur hoffen, dass Salvo über Nacht dieses Vorhaben vergaß. Jetzt drückte er dem alten Mann erst mal einen Kuss auf die Wange.

»*Buonanotte*.«

»Du gehst noch weg?«

Er nickte. Ja, er ging weg. Mit Velia. Zu Mariasoles Auftritt. Er und Velia hatten lange genug im Laden gestanden. Jetzt war Feierabend.

»Gut. Der Mond steht heute Nacht ideal. Die Frau, die du küsst, wird ewig dein sein.«

»Wer sagt dir denn, dass ich eine Frau treffe?«

»Hättest du sonst Parfum aufgetragen?«

Ertappt.

Manchmal waren die Sinne des alten Mannes so geschärft, dass Ennio sich wunderte.

»Drück mir die Daumen!«

Aber Salvo hatte schon wieder angefangen zu singen. Und seine

Stimme, die direkt aus seinem Herzen zu sprudeln schien, begleitete Ennio noch bis nach draußen.

Ennio hatte Velia angeboten, sie abzuholen. Sie hatte aber darauf bestanden, ihn am Laden zu treffen. Für Ennio wäre es ein Umweg gewesen, aber er hätte es gern getan.

Ennio hatte keinen Plan für den Abend. Er wusste nicht, ob er einen Schritt nach vorne gehen konnte, sollte oder wollte. Er wusste nicht, ob er es wagen konnte, Velia noch deutlicher zu umgarnen. Er war sich zum ersten Mal richtig unsicher, was eine Frau betraf. Vielleicht, weil er spürte, dass es mit ihr ernst werden könnte. Er befand sich in der Herzklopfen-Phase. Er hing schon ziemlich tief drinnen. Aber er machte sich auch Sorgen. Seit seiner letzten Beziehung fiel es ihm noch immer schwer, sich auf eine Frau wirklich einzulassen.

Dann erschien sie aber – bildhübsch, vielleicht sogar ein bisschen aufgeregt – vor ihm und er hatte große Lust, seine Bedenken allesamt über Bord zu werfen.

»Hier bin ich schon wieder«, sagte sie und lächelte ihn an.

Sie sah so entzückend aus, dass sein Magen sich tatsächlich aufgeregt zusammenzog. Das hochgesteckte Haar. Mit den losen Haarsträhnen, die ihr wie zufällig ins Gesicht fielen. Das Kleid, das ihren grazilen Körper wie in einer innigen Umarmung hielt. Und ... seine Sandalen an ihren Füßen.

Irgendwann merkte Ennio, dass er noch gar nichts gesagt hatte und sie stattdessen seit Ewigkeiten angaffte.

»Salvo will morgen raus aufs Meer«, war das Erste, was ihm einfiel.

Wenn sie überrascht war, dann ließ sie es sich jedenfalls nicht anmerken. »Schwierig. Aber nicht unmöglich. Das bekommen wir hin, oder?«

So wie sie das sagte, schien tatsächlich gerade alles möglich. »Ja, warum nicht?«

»Sollen wir gehen? Mariasole braucht vermutlich unseren Beistand.«

»Sie tut immer nur so. Mariasole ist eine Powerfrau.«

»Das habe ich bemerkt. Wie lange kennt ihr euch eigentlich?«

Sie gingen gemächlich nebeneinander her. Capri, mit ihrer hübschen Straßenbeleuchtung, bot an diesem Abend einen unglaublich schönen Rahmen.

»Seit der Grundschule.«

»War sie schon immer so ...«

»Ja. Was immer du auch sagen wolltest, so war sie schon immer.«

»Mir fiel tatsächlich gerade kein passendes Adjektiv ein.«

»Verrückt. Lebensfroh. Mutig. Eigen. Loyal. Warmherzig. Hilfsbereit.«

»Wow. Ich wünschte, ein Mann würde mich mal so treffsicher beschreiben.«

»Zuvorkommend. Lustig. Anständig. Mitmenschlich. Fantasievoll. Wissbegierig. Brauchst du noch mehr?«

»Liest du abends vor dem Einschlafen im Wörterbuch?«

Er lachte. »Witzig, habe ich vergessen.«

»Nein, im Ernst, wie machst du das?«

»Ich beobachte gerne.«

Sie hatten inzwischen die Seilbahnstation erreicht. Er ließ ihr den Vortritt. Es war nicht viel los. Die meisten Touristen hatten die Insel entweder schon verlassen, oder sie befanden sich in ihren Hotels.

»Das habe ich gemerkt«, sagte sie und betrat den Waggon.

Sie hielten sich an den Vorrichtungen fest.

»Stört es dich? Dass ich dich beobachte?«

Sie schüttelte den Kopf.

Er war plötzlich so nah bei ihr, dass er ihr Shampoo, die Zitrone riechen konnte. Er wünschte, sie würde sich an ihm festhalten und nicht an der Vorrichtung.

Als hätte sie seinen Wunsch gehört, senkte sie den Arm. Sehr langsam. Sah ihm dabei in die Augen. So intensiv, dass er schlucken musste. Dann legte sie ihre Hand auf seine Hüfte. Wie er es sich gewünscht hatte. Nein, besser. Sachte, vorsichtig. Und sie schlug ihn damit quasi k.o. Diese vollkommen harmlose Berührung machte, dass seine Sinne kurz vernebelten, nicht mehr klar funktionierten. Er spürte ihre Berührung überall. Bis in die Haarwurzeln. Er hörte einen Laut, der irgendwo in seiner Kehle entstand.

Vielleicht ging es ihr ähnlich, denn sie legte ihre Stirn an seine Brust.

Er konnte gar nicht anders, als seine Hand in ihren Nacken zu legen.

Wahrscheinlich hätte er sie auch geküsst.

Wenn sich die Türen nicht geöffnet hätten.

Sie waren da. Sie mussten aussteigen.

Die Magie war verflogen. Hing jetzt irgendwo im Himmel, der sich über ihnen ausbreitete. Er hoffte, der Himmel würde die Magie noch eine Weile halten. Denn er brauchte siedringend zurück.

Er will auf seinem Boot leben.
Mit ihr.
Er will von dem leben, was das Meer ihnen schenkt.
Er kann sich nicht vorstellen, nicht mehr mit ihr auf diesem Boot zu sein.
So weit geht sein Kopf nicht mit.
Er kann es nicht.
»Ich muss gehen!«, sagt sie.
Und vielleicht stirbt er ein bisschen.
Ein Teil von ihm.
Für immer.

Kapitel 14

Die Yacht war beeindruckend. Velia fühlte sich sogar etwas übermannt von der Größe, dem Luxus. Von den Lichtern, den vielen Menschen.

Ja, Niklas fiel ihr immer mal wieder ein. Ihr Gewissen haute ihn ihr ab und an vor den Latz. Aber gleichzeitig war sie sich bewusst, dass sie nirgendwo anders sein mochte als hier auf Capri. Mit Ennio.

Schüchtern sah sie sich nach ihm um.

Schüchtern, das hatte er vorhin vergessen zu erwähnen.

Vielleicht wusste er es nicht, dass sie auch schüchtern sein konnte. Immer dann, wenn ihre Gefühle sich heftig regten.

»Warst du schon mal auf einer Yacht?«, erkundigte er sich, während er sie mit seiner Hand auf ihrem Rücken den Steg entlangführte.

»Nein. Du?«

»Auch noch nicht. Dann ist das also unser erstes Mal?«

»Ja! Das haben wir Mariasole zu verdanken.«

Sie zeigten ihre Karten her und stiegen das Treppchen empor.

An Deck war die Yacht noch beeindruckender als von Land aus.

Sie entdeckten die Bühne, schlängelten sich so durch.

Keine Spur von Mariasole.

»Möchtest du etwas trinken?«, fragte er sie.

»Sehr gerne. Danke.«

»Ich hole uns etwas«, bot er an und ging zu der eigens dafür aufgebauten Bar.

Velia blieb allein zurück. Und allein fühlte sie sich plötzlich auch.

Das war ein seltsames Gefühl und es brachte sie wieder zurück zu ihren Gedanken um Niklas.

Jemand tippte ihr auf die Schulter. Sie drehte sich überrascht um.

Sie brauchte tatsächlich ein paar Sekunden, um in der wunderhübschen, fantastisch gestylten Frau, die ihr auf die Schulter getippt hatte, Mariasole zu erkennen. Sie sah atemberaubend schön aus. Wie ein Star.

»Habt ihr es endlich geschafft? Ist Ennio auch da?«

Sie nickte ganz automatisch. »Mariasole, ich bin total sprachlos. Du siehst unbeschreiblich gut aus. Du meine Güte, deine Frisur ist einfach genial! Das Kleid. Die Ohrringe. Ich finde gerade nicht die richtigen Worte.« Schon wieder nicht. Das konnte langsam zum Problem werden. Diese selektive Sprachlosigkeit, die sie immer dann befiel, wenn es drauf ankam.

»Ach du Scheiße ...« Ennio war inzwischen wieder zu ihnen gestoßen. Und auch er gaffte Mariasole an. Mit Bewunderung. Mit Neugierde. Mit so etwas wie Stolz.

Mariasole zupfte lächelnd an ihren kurzen Haaren. »Das ist eine lange Geschichte.«

»Auf die ich mehr als gespannt bin.«

Irgendwer rief nach Mariasole. Sie drehte sich um, nickte.

»Ich muss los. Wünscht ihr mir Glück?«

»Aus diesem Grund sind wir hier.« Velia hob wie zum Beweis beide Hände und überkreuzte Zeige- und Mittelfinger.

»Danke.« Mariasole ließ sich kurz umarmen, was sich bei Ennio, der noch Getränke in den Händen hielt, etwas kompliziert gestaltete. Dann ging sie. Und ein bisschen sah es so aus, als schwebte sie.

Velia und Ennio blickten ihr hinterher.

»Ich habe sie noch nie so gesehen«, bemerkte Ennio und reichte ihr das Glas.

»So gestylt? So bereit? So selbstsicher? Und so verdammt perfekt?«

»Ganz genau.«

Sie tranken. Irgendwie noch ganz auf Mariasole konzentriert, und wurden dann vom Bordpersonal gebeten, sich hinzusetzen. Das Konzert würde bald anfangen.

Nach und nach fanden alle Anwesenden ihren Sitzplatz. Velia spürte angenehme Spannung in sich hochsteigen. Als sie saß, hatte sie wieder die Möglichkeit, sich besser auf ihr Umfeld zu konzentrieren. Sah auf das Meer. Man konnte nurmehr erahnen, wo sich der Horizont befand, wo das Meer den Himmel traf.

»So still?«, erkundigte sich Ennio fürsorglich, als ihre Gedanken sie wohl zu weit weggetragen hatten.

»Tut mir leid. Ich habe nur gerade überlegt, wie schön ich das Meer finde. Und wie wundervoll dieser Abend ist.«

»Oh. Das hast du aber toll gesagt. Ich freue mich, dass du so schöne Gedanken hast.«

»Natürlich sind meine Gedanken schön. Wie könnte es auch anders sein?« Sie zeigte mit ihren Händen auf all das Wunderbare, das sie umgab. Auch auf ihn. Wenn auch nicht so direkt, wie ihr Herz es verlangte.

Er sah sie einen Augenblick lang an. Dann nickte er.

Sie hatte das Gefühl, dass er etwas sagen wollte. Deshalb legte sie ihm die Hand auf das Bein. Um ihn zu ermutigen. Um ihm zu zeigen, dass sie da war. Wirklich da war.

Sie hatte nicht damit gerechnet, wie tief sie diese Berührung selbst bewegen würde. Sie spürte die Wärme seines Körpers durch die dünne Sommerhose. Sie spürte, wie sich seine Muskeln kurz überrascht anspannten. Und dann wieder entspannten. Sie spürte aber auch, wie ihr Herzschlag beschleunigte. Es gab nicht vieles, das schöner war als diese ersten Momente. Wenn einem bewusst wurde, dass man dabei war, sich zu verlieben. Wenn der Mensch, in den man sich verliebte, wichtiger wurde als alles andere. Als die Sonne, der Mond. Als das Meer.

Exakt in diesem Moment verschwand alles um Velia herum. Die Leute. Die Yacht. Die Bühne. Nur er nicht. Nur Ennio nicht.

Sie lehnte sich an ihn. Es ging gar nicht anders. Und er legte den Arm um sie. Auch so, als ginge es nicht anders. Als gäbe es nichts Selbstverständlicheres.

Die Nähe fühlte sich aufregend neu, aber auch vertraut an.

Alles war gut.

Alles war perfekt.

Ihre Hand auf seinem Bein.

Sein Arm auf ihren Schultern.

Wie Teenies im Kino. Mit Herzklopfen. Und der ungebändigten Sehnsucht nach mehr.

Nur waren sie keine Teenies mehr ...

»Tu das nicht mit mir, wenn du nicht das ganze Paket willst«, sagte er leise und mit so viel Gefühl, dass ihr vor Herzflattern ganz schwindelig wurde. Sie glaubte, seine Stimme bis in ihr Innerstes vibrieren zu spüren.

Die Wahrheit war, dass sie sehr wohl das ganze Paket wollte. Mit einer Bestimmtheit, die ihr sogar etwas Angst machte. Denn sie spürte, dass sie ihn ohne Rücksicht auf Verluste wollte. Einfach so. Unaufhaltsam.

Sie wollte ihn immerzu berühren. Er war so aufregend anziehend. Das kannte sie so gar nicht. Doch sie liebte es.

»Ich finde das Paket toll«, erwiderte sie und blickte endlich zu ihm auf.

Er war unglaublich schön in diesem Moment, geradezu perfekt. Wie gemalt. Mit leicht zusammengekniffenen Augen. Und einem Hauch von Bart, der ihn leicht verwegen wirken ließ. Sie konnten seinen Atem spüren. Sie konnte sehen, wie seine Unterlippe kaum merklich zitterte. Ihre Hand noch immer auf seinem Bein. Sie wollte ihn streicheln. Zwang sich regelrecht dazu, die Hand nicht auf und ab zu bewegen. Das war nicht der richtige Ort. Vielleicht auch nicht der richtige Zeitpunkt. Aber alles in ihr, jede Faser, jeder Nervenstrang wollte sein Bein näher erkunden.

»Dieses Paket ist aber auch ziemlich zerbrechlich.«

»*Vorsicht zerbrechlich*?«

»Genau.« Er nickte. Sehr ernst. Bedauernd sogar.

Sie konnte sich vorstellen, dass er seine Zerbrechlichkeit nur ungern zur Schau stellte. Und sie hatte das Gefühl, ihn beschützen zu müssen. Seine Zerbrechlichkeit beschützen zu müssen.

»Ich werde dir niemals wehtun, Ennio«, versicherte sie ihm. Das war für sie eine Gewissheit, über die sie gar nicht lange nachdenken brauchte.

Er schloss die Augen kurz. Als er sie wieder öffnete, war sie weg, seine Zerbrechlichkeit.

Velia wurde bewusst, dass sie eben einen Einblick gehabt hatte, den Ennio sonst nicht gewährte. Sie war sich sicher, dass es ein Privileg war, ihn so kennenzulernen. Und das rührte sie.

»Gut. Dann gehört es jetzt dir, wenn du es willst.« Er nahm ihre Hand von seinem Bein und hob sie sich an die Brust. Sie fühlte seinen Herzschlag. Noch nie hatte sie einen Mann inniger geliebt als in diesem Augenblick. Alles andere war ausgelöscht, wie weggeblasen. Unwichtig. Winzig.

• • •

Mariasole war vor einem Auftritt noch nie so aufgeregt gewesen wie an diesem Abend. Das war eine magische Nacht, dessen war sie sich sicher. Eine Nacht, in der alles möglich schien. Alles. Ausnahmslos.

Auf der Bühne hatte sie keine Bremse. Keine Hemmschwelle. Kein Limit. Sie gab alles. Bei jedem Song. Mit jeder Note. Und sie tankte von einer unerschöpflichen Kraftquelle, die tief in ihr brodelte. Sie hob die Arme in die Luft, berührte den Himmel. Als könnte sie fliegen. Als könnte sie sich zu den Sternen gesellen. Sie hatte das Publikum in der Hand. Das spürte sie deutlich. Es folgte ihr. Egal, wohin. Das war der Abend. Vielleicht der einzige. Auf jeden Fall der einzige, an dem sie es wagen wollte.

Sie nahm den Applaus nach dem letzten Lied ihres Pflichtprogrammes entgegen. Fasste sich ein Herz und sprach die Menschen, die ihr applaudierten, direkt an.

»Ich weiß, das hier ist Capri. Ich weiß, auf Capri möchte man traditionelle neapolitanische Musik hören. Dennoch würde ich euch zum Abschluss gerne eines meiner selbst komponierten Lieder präsentieren. Seid ihr dabei?«

Begeisterter Applaus, aufmunternde Zurufe.

»Fantastisch. *Grazie mille*. Das Lied heißt *Un pezzo di me*. Ein Stück von mir. Und ich singe es hier zum ersten Mal vor Publikum. A capella.«

Weiterhin Applaus. Dann Stille.

Irgendwer löschte die Lichter, behielt nur einen Scheinwerfer an, der direkt auf sie zielte.

Ich sehe wahrscheinlich jetzt aus wie ein Stern in der Nacht, überlegte sie amüsiert. Dann ging sie in sich. Es kam auf den ersten Ton an. Das wusste sie. Den musste sie treffen. Den musste sie so treffen, dass er das ganze folgende Lied halten, ja, tragen konnte.

»*Lo so, non mi devi niente* ... – Ich weiß, du schuldest mir nichts ...«, stimmte sie an und begann gleichzeitig, die Geschichte über sich und Alfios Vater zu erzählen. Sie konnte sich noch so stark geben, er hatte ihr sehr wehgetan. So weh, dass sie noch immer dran knabberte. So weh, dass sie ein Lied darüber geschrieben hatte, wie er ein Stück von ihr mitgenommen hatte. Für immer.

Sie hielt die Augen geschlossen, aber sie sah selbst durch die Augenlider so etwas wie ein Flimmern. Das Publikum war da. Noch immer. Folgte ihr vielleicht sogar noch konzentrierter als zuvor.

Der Refrain. Die Passage, die sie am meisten liebte. Sie öffnete die Augen, hob wieder den Arm in den Himmel und gab alles. »*Tu hai preso tutto, lasciandomi in un angolo* ... – Du hast alles mitgenommen und mich in der Ecke stehen gelassen ...«

Das Publikum klatschte rhythmisch mit, hatte sofort und ganz richtig auf den etwas schnelleren Refrain reagiert.

Mariasole spürte, wie ihr eine Träne die Wange herunterlief.

Das war einer der besten Momente ihres Lebens. Mehr konnte sie nicht geben.

Als sie erschöpft das Mikrofon senkte, war sie wie ausgehöhlt. Eine

Hülle, nichts weiter. Alles, was in ihr gesteckt hatte, lag irgendwo in der Luft, zusammen mit den Noten ihres Liedes.

Tosender Applaus. Die Bitte um eine Zugabe.

Der Bitte konnte sie aber nicht nachkommen. Sie konnte im Moment nichts mehr geben.

Sie legte das Mikrofon ab und ging von der Bühne. Sie traf gleich auf Ennio, der sie anlächelte. Und Velia, die ehrliche, offene Bewunderung zeigte.

»Eigentlich sollte ich ja schwer beleidigt sein, weil du mir dieses Lied nie vorgesungen hast. Aber dafür bin ich jetzt viel zu stolz auf dich. Komm her, du Star!«

Ennio breitete die Arme aus und Mariasole legte sich nur zu gerne in die Umarmung.

»Es tut mir leid. Dieses Lied war bis eben nur für mich gedacht«, flüsterte sie irgendwo in seinen Hals.

Er küsste sie auf die Stirn. »Schon gut.«

Sie wünschte, alles wäre so rein und unkompliziert wie ihre Freundschaft zu diesem Mann. Zu diesem wunderbaren, einzigartigen Mann.

»Wie fandest du es denn?«

»Wundervoll. Das Beste, das ich jemals von dir gehört habe.«

»Ehrlich?«

»Ehrlich!«

Sie löste sich aus seiner Umarmung. Ließ sich auch von Velia umarmen.

»Mariasole, du warst gigantisch da oben auf der Bühne. Ich danke dir für diesen fantastischen Abend.«

»Ach, ihr übertreibt!«, wiegelte sie ab.

»Das tun sie nicht!«, sagte jemand in gebrochenem Italienisch.

Mariasole drehte sich um, blickte auf einen hochgewachsenen Mann.

Ein Fremder.

»Darf ich mich vorstellen? Ich bin Hendrik Mallmann, Musikproduzent.«

Mariasole lachte. Ja, genau. Und sie war Madonna.

Sie drehte sich wieder von ihm weg, Ennio und Velia zu, die verdattert aber auch interessiert auf den Mann blickten.

»Hör dir doch an, was der Mann zu sagen hat«, schlug Ennio vor.

»Was soll er schon sagen? Dass er mir einen Plattenvertrag anbietet?« Mariasole fand die gesamte Situation eher lustig. Wann kam das schon mal vor, dass man nach einem Konzert auf einer Yacht einen Plattenvertrag angeboten bekam? So etwas gab es doch nur im Film. In schlechten Filmen, wohlgemerkt.

»So etwas in der Art«, gab der große, blonde Mann zu.

Das fand Mariasole jetzt aber witzig. So witzig, dass sie sich halb tot lachte.

»Man rät mir immer wieder, Musiker niemals nach ihren Konzerten anzusprechen. Ich tue es aber viel zu gerne, um damit aufzuhören. Hier, ich gebe Ihnen meine Karte. Ich bin noch bis nächste Woche Dienstag auf der Insel. Dann geht es weiter nach Neapel. Ich bin auf der Suche nach neuen Talenten. Falls Sie die Details hören möchten, rufen Sie mich an. Jederzeit.« Dann ging er.

Und Mariasole war plötzlich gar nicht mehr nach Lachen zumute.

Ihr letzter gemeinsamer Abend.
Sie sagen es sich nicht offen.
Das brauchen sie auch nicht.
Er glaubt, daran zu zerbrechen.
Er weiß nicht, wie er auch nur einen Tag ohne sie überleben soll.
Geschweige denn ein ganzes Leben.

Kapitel 15

Mariasole hatte von der Yacht aus bis nach Hause, wohin Ennio und Velia sie begleitet hatten, kein einziges Wort gesagt. Und *das* war ungewöhnlich für eine Plaudertasche wie sie. Ennio hatte versucht, sie in die belanglosen Gespräche einzubeziehen, mit denen er und Velia versuchten, die Stille zu füllen. Die Wahrheit war aber, dass sie alle viel zu sehr mit ihren Gedanken beschäftigt waren.

Diese Nacht war magisch.

Das spürten sie offenbar alle.

Mariasole hatte vielleicht ihre Chance, in der Musikbranche einen Platz zu finden. Er und Velia hingegen hatten vielleicht die Chance, tatsächlich ein Paar zu werden. Er fühlte sich mehr und mehr zu ihr hingezogen. Und er mochte es, wie sie immer wieder Körperkontakt zu ihm suchte. Wenn auch nur flüchtig. Als hätte sie nicht den Mut, sich dem greifbaren Glück zu stellen.

Ja, sie waren alle drei zu ehrfürchtig, dem Glück gegenüber. Zu ehrfürchtig, um es sich einfach zu schnappen. Zu ängstlich, es dann gleich wieder zu verlieren. Ennio wusste, warum er zu ängstlich war, warum Mariasole zu ängstlich war. Er wusste aber nicht, was Velia davon abhielt, nach ihrem Glück zu greifen.

Wovor hatte sie Angst?

Sie verabschiedeten sich von Mariasole, und Ennio begleitete Velia weiter nach Hause. Mit dieser Frage im Hinterkopf, die, wie ihre Schritte, hin und her wankte. Mal an Bedeutung zunahm, mal an Bedeutung verlor.

»Ich bin total verliebt in diese Insel«, bemerkte Velia irgendwann träumerisch. Sie hob die Arme seitlich und drehte sich im Kreis. Ein paar Touristen sahen sie neugierig an. Sie verloren aber bald das Interesse.

Ennio jedoch nicht. Sein Interesse wuchs mit jeder Minute.

Sie sah reizend aus. Und glücklich. Dass er lächelte, während er sie ansah, merkte er nur an ihrer Frage.

»Wieso lachst du?« Sie hielt in ihrem Tanz ohne Musik inne, kam auf ihn zu.

Er zog die Schultern hoch. »Keine Ahnung«, gab er zu.

Dann berührte sie ihn erneut. Legte einen Finger auf seine Stirn. »Eine Sorgenfalte«, stellte sie fest. »Hast du Sorgen, liebster Ennio?«

Liebster Ennio.

Jetzt streckte sein Herz die Arme aus und drehte sich im Kreis. Wie Augenblicke zuvor Velia.

Er wollte sie küssen. Sofort. Aber er sah etwas in ihren Augen, das ihn irritierte. Er konnte nicht genau sagen, was. Ein Zögern? Ein Zweifel? Es war so schnell wieder weg, dass er es auch einfach so als Irrtum seinerseits abtun konnte. Aber ... da war etwas gewesen.

Sie wartete auf seinen Kuss. Das konnte er ihr ansehen. Und er brauchte diesen Kuss jetzt auch. Also legte er seine Lippen sanft in ihre Halsbeuge. Nicht auf den Mund.

Sie roch so gut. So unbeschreiblich gut. Und ihre Haut, die unter seiner Berührung erschauderte, war verlockend. Wirklich verlockend. Er schloss die Augen und verlor sich einen Augenblick lang exakt dort. In ihrer Halsbeuge.

Velia hob beide Arme um seinen Nacken. Zierlich, anschmiegsam. Das war sie alles. Und doch bekam er nicht aus dem Kopf, was er zuvor in ihren Augen gelesen hatte.

Also löste er sich langsam aus ihrer Umarmung.

»Ich kann nicht verantworten, dass du so spät ins Bett kommst, du Schöne«, versuchte er sich gelassen zu geben.

Sie lächelte. Der Umstände halber. Doch er hatte sie enttäuscht.

Vielleicht sogar verletzt. Das alles konnte er ihr ansehen. So deutlich, als läse er aus einem Buch.

»Du hast vollkommen recht. Ab nach Hause!«, sagte sie betont heiter und drehte sich von ihm weg.

Er hielt sie an der Hand fest. »Hör zu, Velia, ich möchte es mit dir einfach nur langsam angehen lassen, okay? Ich möchte nicht, dass in dieser Geschichte irgendwer verletzt wird. Du nicht. Ich nicht. Verstehst du das?«

»Ich denke, du bist so vorsichtig, dass du am meisten dich selbst damit verletzt«, sagte sie zu ihm.

»Es ist okay, wenn ich mich selbst verletze.«

»Das verstehe ich nicht. Warum kann es nicht einfach nur schön sein?«

Gute Frage. Er wusste, dass es das nicht gab, dieses einfach nur schön. Viel zu oft, viel zu heftig funkte das Leben dazwischen. Und er musste sich dagegen wappnen.

»Ich ... das klingt jetzt bestimmt seltsam für dich ... aber ich habe den Eindruck, dass du dir auch ein bisschen selbst im Weg stehst. Aus welchem Grund auch immer. Als fiele dir ab und an ein, dass du dich vielleicht doch nicht auf mich einlassen solltest.« Er schüttelte den Kopf. Was redete er denn da?

Dann sah er sie aber wieder an. Und da, mitten in ihrem Gesicht, war dieser seltsame Ausdruck erneut. Zögern. Zweifeln. Jetzt deutlicher als zuvor.

»Was ist?«, hakte er nach.

»Nichts.« Viel zu schnell. Viel zu entschlossen. Viel zu ... unecht?

»Velia, möchtest du mir irgendetwas sagen?«

Flackern. In ihren Augen. In ihrem Blick.

»Velia?«

Sie schüttelte den Kopf. »Ich sollte wirklich zu Bett gehen«, sagte sie. Und dann ging sie. Einfach so.

Ennio war versucht, sie aufzuhalten. Doch er ließ sie gehen. Manchmal war Gehenlassen die einzig richtige Lösung.

Die gleiche Gasse. Immer wieder. Eigentlich sollte es in Capris Gassen keine Steine geben. Doch er fand immer wieder welche, um sie an Mariasoles Fenster zu werfen. Vielleicht war das die echte Magie dieser Nacht, überlegte Ennio etwas mutlos.

Mariasole brauchte keine Minute, um ans Fenster zu kommen. Auf sie war Verlass. Sie blickte hinunter, nickte und verschwand, um dann zu ihm zu kommen. Sie öffnete die Tür, setzte sich auf die Stufen. Er tat es ihr nach.

»Wieso bist du nicht bei ihr?«, fragte sie gleich. Ausgiebig gähnend.

»Weil ich dich viel attraktiver finde«, scherzte er.

Und sie boxte in seinen Arm, was richtig wehtat. Er rieb sich dich Stelle.

»Was ist passiert? Ich dachte, wenigstens einer von uns hat heute Nacht Sex. So wie ihr euch die ganze Zeit angeschaut habt.«

»Ich habe irgendwie den Eindruck, Velia verheimlicht mir etwas.«

»Wäre ich nicht zu müde dazu, würde ich jetzt mit den Augen rollen. Hör endlich auf, so paranoid zu sein. Dass du einmal von einer Frau betrogen wurdest, heißt nicht, dass alle Frauen irgendwo einen Liebhaber versteckt haben.«

Er dachte nach. »Bin ich echt paranoid?«

»Ja-ha. Aber so was von! Gib dem Mädchen doch eine Chance. Sie himmelt dich an und ich gehe vor Neid fast ein. Wirf deine Bedenken über Bord. Eine Garantie dafür, dass die Dinge gut laufen werden, gibt es eh nicht.«

Es klang so vernünftig, wie Mariasole das sagte. Warum war er nur so voller Sorge? So darum bedacht, im Falle eines Falles nicht verletzt zu werden? Das war ja fast ... ja, paranoid eben.

»Du hast recht.«

»Ich habe immer recht.«

Jetzt boxte er ihr in den Arm. Leicht nur. Sie übertrieb natürlich und rieb sie eine gefühlte Stunde den Arm.

»Und was ist mit dir? Rufst du morgen den Produzenten an?« Ennio wechselte das Thema.

»Ich traue mich nicht.«

»Wie kann es sein, dass du für andere immer gute Tipps hast und du, wenn es drauf ankommt, dauernd kneifst?«

»Ach, das ist ein besonderes Talent von mir.«

»Genau. Und ich werde dafür sorgen, dass du dieses Talent morgen nicht einsetzt. Komm in den Laden und wir machen das gemeinsam, *va bene?*«

»Ja. Ich schätze, das geht in Ordnung.«

»Und wenn du nicht kommst, dann lass ich dich vom Stadtpolizisten holen.« Das hatte er tatsächlich mal gemacht. Der Polizist war ein guter Freund der Familie und er hatte nur zu gerne bei dem Streich mitgemacht.

»Das wirst du schön lassen. Sonst muss ich deiner Velia leider ein paar Geheimnisse erzählen, die dich gar nicht gut aussehen lassen.«

»Lass es nicht drauf ankommen.« Er zwinkerte ihr zu. Von Mariasole ging keine Gefahr aus. Nicht für ihn. Niemals.

Fast zeitgleich standen sie auf und umarmten sich.

Sie sagten nicht danke. Sie sagten nicht, dass ihre Freundschaft so ziemlich das Einzige war, worauf sie sich verlassen konnten. Sie sagten gar nichts.

Ennio ging, nachdem er ihr einen Kuss auf die Wange gedrückt hatte. Dann drehte er sich aber noch mal um. »Du siehst übrigens wundervoll aus.«

Sie zupfte wieder an ihrem kurzen Haar. »Danke. Du aber auch.«

Sie winkten sich zu.

Eine magische Nacht.

•••

Niklas saß vor seinem PC. Die Augen fielen ihm zwar beinahe zu, aber er hielt durch. Die Kühe waren versorgt und die Infektion soweit eingedämmt. Er hatte wieder mehr Zeit. Zeit zum Nachdenken. Zeit, um an Velia zu denken.

Er vermisste sie.

Sehr sogar.

Es tat ihm leid, dass er einfach so aufgelegt hatte. Nur war es wirklich schwierig, telefonisch mit jemandem zu streiten und den Streit dann, immer noch telefonisch, aus der Welt zu schaffen. Er konnte das nicht.

Und diese Sache mit dem Heiratsantrag geisterte ihm noch immer im Kopf herum. Von sich aus wäre er nie darauf gekommen, aber jetzt hatte ihm sein Kumpel diesen Floh ins Ohr gesetzt. Niklas dachte an gar nichts anderes mehr. Wäre es denn so verkehrt, mit Velia eine Familie zu gründen? Hier auf dem Hof?

Er fuhr sich durchs Haar.

Egal, wie lange er darüber nachdachte, er fand keine eindeutige Antwort. Dazu musste er ihr schon in die Augen schauen. Und deshalb saß er noch immer vor seinem PC. Er tat gerade das, was er – und da musste er ganz ehrlich sein – schon vor Ewigkeiten hätte tun sollen: Er buchte eine Reise nach Neapel. Den Flug hatte er bereits. Ein bisschen teuer zwar, aber gut. So auf den letzten Drücker ging es wohl nicht anders. Woran er schier verzweifelte, das waren die Preise für Übernachtungen auf Capri, denn da musste er wohl hin, wenn er mit Velia sprechen wollte. Nichts war auch nur annähernd bezahlbar. Zumindest nichts, was man auf den gängigen Reiseportalen fand. Und wenn der Preis mal einigermaßen vernünftig schien, dann war nichts mehr frei. Er suchte nun schon seit Stunden. Allmählich hatte er genug. Deshalb ließ er es dann irgendwann bleiben. Wenn alles nach Plan lief, würde er ohnehin bei Velia unterkommen, nicht? Immerhin war sie seine Freundin.

Das war sie doch, oder?

Sie hatte nicht mit ihm Schluss gemacht, also war sie es, beschloss er.

Etwas ruhiger und gelassener als noch vor Stunden fing er an zu packen. Der Flug ging schon am nächsten Morgen. Er ging seine sauberen T-Shirts durch und merkte verwundert, dass die meisten davon Mitbringsel von Velia waren. Er setzte sich aufs Bett und fuhr sich mit der Hand über die Augen.

Blind. Er war blind gewesen, oder?

Sie hatte ihm einhundert Prozent gegeben.

Er hatte ihr ... nun, wenn er sich gegenüber nicht streng sein wollte, dann waren es wohl sechzig, in guten Momenten vielleicht fünfundsechzig Prozent von sich selbst gegeben.

Das war schlecht.

Er hatte es nie gemerkt. Er fragte sich jetzt, warum das so gewesen war. Warum sie mehr in ihre Beziehung investiert hatte als er. Hatte sie mehr gefühlt? Mehr geliebt?

Das und noch viel mehr musste er herausfinden. Bei Velia. Auf Capri.

Er packte fertig und nahm dann das Schächtelchen vom Nachttisch. Öffnete es vorsichtig, um sich zu vergewissern, ob der Ring ihm noch immer so gut gefiel wie noch am Morgen, als er ihn gekauft hatte.

Noch wusste er nicht, ob er ihn Velia überreichen würde. Noch wusste er nicht, ob er den Schritt tatsächlich wagen wollte. Aber er wusste, dass er Velia sehen wollte. Ganz, ganz dringend.

Als Niklas sich schon zum Schlafen hinlegen wollte, klopfte jemand an die Tür. Etwas widerwillig öffnete er. Sein Vater stand draußen.

»Ist was mit den Kühen?«

»Nein, nein. Alles gut. Darf ich kurz rein?«

Diese Frage wunderte Niklas nicht wenig. Sein Vater war kein Mann vieler Worte. Sein Vater besuchte ihn hier nie. Immerhin waren sie den ganzen Tag über gemeinsam bei den Kühen und oft noch im Haupthaus, wo seine Eltern mit der Großmutter lebten.

»Ja, klar.« Niklas machte die Tür weiter auf, sodass sein Vater eintreten konnte. Er ließ ihn durch. Dann schloss Niklas die Tür und folgte ihm.

Sein Vater hatte sich in die Küche an den Tisch gesetzt.

»Willst du ein Bier? Tee?« Er wusste nicht so recht, was er seinem Vater am besten anbot. Es war eigentlich zu spät für alles.

»Wasser, bitte.«

Niklas goss ihm Sprudelwasser in ein Glas und reichte es ihm. Dann setzte auch er sich.

»Du willst nach Italien?«

»Ja. Morgen.«

»Ist was passiert, ich meine, …« Sein Vater brachte den Satz nicht zu Ende. Als wäre eigentlich klar, was er meinte. Aber Niklas hatte wirklich keine Ahnung, was sein Vater wohl meinen könnte.

»Wir hatten ein bisschen Streit. Ich möchte das von Angesicht zu Angesicht klären.«

»Liebst du das Mädchen?«

Das Mädchen. Warum sagte sein Vater nicht einfach Velia? Er hatte den Namen seiner Freundin noch nie aus dem Mund seines Vaters gehört. Das machte ihn plötzlich richtig wütend. Vielleicht war er aber auch wütend, weil er nicht eindeutig auf die Frage seines Vaters antworten konnte.

Liebte er Velia? Ja. Und manchmal auch nein.

Er hatte zu lange gezögert. Jede Antwort war jetzt falsch.

»Wenn du sie nicht liebst, dann lass sie gehen.«

Das sagte sein Vater.

Und Niklas dachte an den Ring, den er ihr gekauft hatte.

Er beginnt sein Boot zu hassen.
Jedes Schaukeln erinnert ihn an sie.
Jeder Sonnenstrahl, der funkelnd die Meeresoberfläche trifft.
Er beginnt sein Boot zu hassen.
Er verkauft es.
Dann beginnt er die Zeit zu hassen. Weil sie einfach so verrinnt und jede Erinnerung mit sich nehmen will.

Kapitel 16

Velia blickte sich suchend um. Sie befand sich am Hafen. Es war zu früh für Touristen. Zu dieser Uhrzeit waren nur Einheimische unterwegs. Deshalb war es nicht allzu schwierig, das zu finden, wonach sie suchte.

»*Buongiorno!*«, grüßte sie und näherte sich zwei Männern, die auf ihrem Boot standen und mit frischem Fisch hantierten.

Beide hielten sie inne. »*Buongiorno!* Sie möchten frischen Fisch?«

Velia konnte den Fisch und das Meer riechen. Es füllte ihre Lunge und weckte ihre Lebensgeister. »Oh, nein, nein. Ich würde gerne Ihr Boot mieten.«

Die Fischer blickten sich an. »Der Bootsverleih befindet sich da vorne, *signorina*.«

»Dort habe ich bereits geschaut. Die Sache ist, dass ich ein etwas größeres Boot brauche. Wie haben einen Rollstuhl dabei.«

Wieder sahen sich die beiden Männer an. »Wir verleihen unser Boot leider nicht.« Bedauern lag auf ihren Gesichtern.

»Bitte, könnten Sie eine Ausnahme machen? Nur ganz kurz. Heute. Sie können das Boot auch gerne selbst fahren. Ich bezahle gut.«

Einer der beiden zuckte mit den Schultern. »*Va bene*.«

Vor Freude hüpfte sie. Dann bedankte sie sich überschwänglich. Und sie tat es erneut, nachdem sie die Details besprochen hatten.

Endlich hatte sie konkret etwas getan. Diese Geste galt natürlich Salvo, aber mehr noch Ennio. Sie hatte die ganze Nacht an ihn gedacht. Und daran, wie präzise er sie analysiert hatte. Er hatte das gesehen, was sie sogar vor sich selbst versteckt hatte. Ihr schlechtes Gewissen.

Nun aber hatte sie beschlossen, mit Ennio alles richtig zu machen. Deshalb hatte sie diesen kleinen Ausflug mit Salvo organisiert, um Ennio zu zeigen, wie sehr sie ihn und seine Familie schätze, ja, liebte. Das ganze Paket …

Und sobald alles mit Ennio geklärt sein würde, würde sie Niklas anrufen, um ihm alles zu erklären. Dass sie sich heftig in einen anderen verliebt hatte, mit dem sie zusammen sein wollte.

Sie war nicht glücklich, das mit Niklas telefonisch klären zu müssen. Gar nicht glücklich. Aber sie hatte keine andere Wahl.

Velia schoss ein Foto vom Boot und schickte es Piera, die sie sofort anrief.

»Hast du jetzt einen neuen Job? Fischverkäuferin statt Sandalen-Tante?«

»Nein. Lange Geschichte.«

»Die man wie zusammenfassen könnte?«

»Die Sandalen-Tante hat sich in den Sandalen-Onkel verliebt. Deshalb tut sie jetzt Unmögliches für ihn.«

Piera quietschte. »Wusste ich es doch! Ich bin so glücklich für dich!«

Velia wusste nichts darauf zu antworten.

»Was ist? Bist du es denn nicht?«, hakte Piera nach.

»Doch. Ich muss nur ein paar Dinge in Ordnung bringen.«

»Dinge?«

»Der Sandalen-Onkel vertraut mir nicht so richtig.«

»Was? Wie kann man dir nicht vertrauen?« Piera ließ ihr nicht die Zeit, irgendetwas zu erwidern. »Moment … du hast doch mit Niklas Schluss gemacht, oder?«

»Noch nicht so richtig.«

»Oh, verdammt. Weißt du denn nicht, dass du ein offenes Buch für den Großteil der Menschheit bist?«

Doch. Das wusste sie. »Lass mich machen, Piera. Ich bringe schon alles in Ordnung.«

»Tu das, Velia. Auch, wenn ich nie so recht warm mit ihm wurde, du musst ehrlich zu ihm sein. Und ich kenne den Sandalen-Onkel zwar nicht, aber ich habe den Eindruck, dass er etwas Besonderes ist.«

»Das ist er!«

Sie legte auf, winkte noch mal den Fischern und schlenderte gemütlich zurück zur Seilbahn. Mit der Sonne im Rücken und der Hoffnung im Herzen.

Sie musste alles richtig machen. Von jetzt an. Denn Ennio, der war es. Er war der Mann, für den es wert war, alles aufzugeben und das gesamte Leben umzukrempeln. Und sie wollte, dass er ihr vertraute. Dass er andersherum dachte, dass sie es ebenso wert war.

Sie hing ihren vielen, manchmal auch leicht widersprüchlichen Gedanken nach, während sie mit der Seilbahn wieder auf den höhergelegenen Teil Capris fuhr.

Als sie ausstieg, merkte sie, dass ihr Magen knurrte. Sie spazierte an der Konditorei *Dolcetto* vorbei, hielt aber dann inne. Der Duft nach den leckersten Süßspeisen, die man sich vorstellen konnte, zog sie förmlich in den Laden hinein. Und sie nahm sich die Zeit, betrat die Konditorei, holte sich ein *cornetto*, setzte sich an einen Tisch und blätterte gedankenverloren durch eine lokale Zeitung. Auf der ersten Seite ließ ein Journalist die Bevölkerung wissen, dass Villa Bismarck, die schönste Villa der Welt, die sich – natürlich – auf Capri befand, zum Verkauf stand. Für schlappe vierundzwanzig Millionen Euro.

Velia verschluckte sich fast an ihrem Hörnchen. Sah sich die Bilder an, von unzähligen, luxuriösen Zimmern mit Ausblick aufs Meer, dem direkten Zugang zum Privatstrand, dem Pool, der ins Meer reichte, dem Garten mit Pavillon und üppigen Büschen, Blumen und Blüten und, und, und. Sie geriet ins Träumen ... auf Capri leben ... der Gedanke fühlte sich gar nicht so schlecht an. Und es musste wirklich nicht Villa Bismarck sein. Ihr reichte Casa Marchetti vollkommen, stellte sie grinsend fest.

»So gut gelaunt am frühen Morgen?«, fragte sie jemand. Was dazu führte, dass sie sich fast wieder am *cornetto* verschluckte.

Es war Mariasole. Und sie setzte sich, ebenfalls mit einem *cornetto* in der Hand, direkt zu ihr.

»Du nicht?«

»Nein. Ich habe miserable Laune, wenn du es denn wissen willst. Ich habe keine Sekunde geschlafen und fühle mich wie ein feuchter Lappen.«

»Wieso das denn? Du hattest ein gigantisches Konzert gestern und ein Musikproduzent hat dich angesprochen. Du müsstest doch vor Freude platzen!«

»Ich habe Schiss!«

»Wovor denn?«

»Davor, dass der Kerl mich auf den Arm genommen hat!«

»Hast du denn nicht gegoogelt, ob es ihn wirklich gibt?«

»Nein?« Sie sprach die Verneinung aus wie eine Frage.

»Aber, Mariasole, weißt du denn nicht, dass man das heutzutage so macht?«

»Ich schätze, ich war einfach zu überrumpelt, um logisch zu denken.«

Velia holte ihr Handy aus der Tasche. »Wie hieß der Typ?«

»Mallmann. Hendrik Mallmann.«

Sie tippte den Namen in die Suche und fand ohne Mühe eine sehr professionell wirkende Seite. »Da, bitteschön!«

Mariasole scrollte interessiert auf und ab. »Es gibt ihn wirklich.«

Velia nickte erfreut. Es war schön, Mariasole so erleichtert und gleichzeitig freudig erregt zu erleben. »Ruf ihn an!«

»Was, jetzt?«

»Ja. Jetzt.«

»Es ist zu früh. Außerdem will ich Ennio dabeihaben.«

»Dann lass uns zu ihm.«

»Zu Mallmann? Ich weiß doch gar nicht, wo er wohnt.«

»Nein. Zu Ennio natürlich.«

Mariasole hob eine Hand an die Stirn. »Ich kann nicht klar denken.«

»Das merke ich. Komm, heute denke ich mal für dich!«

Sie bezahlten und gingen gemeinsam zum Laden, der aber noch geschlossen war. Mariasole klingelte bei Ennio Sturm und ging auf und ab, bis er runterkam.

Velia hatte Mühe, sich ihm nicht an den Hals zu werfen. Er sah unbeschreiblich gut aus. Sein Haar war noch feucht. Er trug eine simple Jeans und ein leichtes, nicht mehr ganz neues T-Shirt. Und seine obligatorischen Sandalen. Es gab kaum Männer, die in Sandalen gut aussahen. Nun, Ennio tat es. Denn er hatte auch unbeschreiblich schöne Füße. Und Hände. Und ...

»*Buongiorno*«, sagte er. Sein Blick blieb einige Momente zu lange an ihr hängen. Sie genoss es. Sie wollte seine Aufmerksamkeit.

»Mariasole braucht deinen Beistand, um Mallmann anzurufen«, erklärte sie ihm. Als wäre Mariasole, die direkt neben ihr stand, nicht selbst in der Lage, ihm das zu erklären.

»Kommt rein in den Laden«, bot er an und sperrte auf.

Sie betraten das Geschäft zusammen, dann schlosser hinter ihnen wieder ab.

Velia fiel es wirklich schwer, Ennio nicht zu berühren. Er wirkte auch etwas distanziert. Was sie sehr bedauerte. Gut, sie hatte keinen Kuss erwartet. Aber ... hm ... was hatte sie eigentlich erwartet?

»Hol dein Handy raus, Mariasole«, forderte er seine beste Freundin auf.

»Ich will nicht!«, jammerte diese und stellte sich in eine Ecke.

»Doch. Du willst das auf jeden Fall. Du willst das, seit ich dich kenne. Also tu es jetzt.«

Mit zittrigen Fingern holte Mariasole das Gerät aus der Tasche. Gleich darauf zog sie die Visitenkarte aus dem Geldbeutel.

»Und jetzt wähl die Nummer.«

»Nee. Das schaffe ich echt nicht.«

»Okay. Dann mache ich das.«

Mariasole reichte Ennio sowohl das Handy als auch die Karte. Velia war stille Beobachterin. Sie mochte es, wie bestimmt er sein konnte. Sie mochte die Art der Freundschaft zwischen den beiden. Sie mochte alles an Ennio.

»Was soll ich ihm denn sagen?«, quengelte Mariasole unbeirrt weiter.

»Dir wird schon was einfallen.«

Er wählte die Nummer, hielt Mariasole dann das Handy ans Ohr.

»Ja, *buongiorno*, hier spricht Mariasole Cenni. Ich hoffe, ich störe Sie zu so früher Stunde nicht.«

Velia hatte den Atem angehalten. Ennio ebenso. Selbst Mariasole schien kaum zu atmen.

»Mhm. Ja. Natürlich. Da hätte ich Zeit.«

Stille im Laden.

»Ja. Gut. Dann bis später.« Mariasole legte auf.

»Und?« Ennio war offensichtlich gespannt wie sie.

»Mittagessen. Im *Quisisana*.«

»Ernsthaft?«

»Ja!«

»Du blöde Kuh. Da wollten wir doch immer gemeinsam hin«, beklagte Ennio sich scherzhaft.

Mariasole bedeckte ihr Gesicht mit beiden Hände, schrie kurz und nahm die Hände gleich wieder vom Gesicht. »Das holen wir nach. Versprochen.«

»Ich schreibe es mir auf. Das vergesse ich nicht.«

»Oh. Gott. Ich muss los, oder? Mich mit Coco treffen. Irgendetwas Vernünftiges zum Anziehen finden.«

Ennio umarmte sie. »Beruhige dich. Und mach alles in Ruhe. Danach rufst du aber an und berichtest, *va bene?*«

Sie nickte, legte sich tief in die Umarmung. Dann ging sie, nachdem sie auch Velia kurz umarmt hatte.

Und nun waren sie allein. Velia und Ennio. Ennio und Velia.

»Ich habe eine Überraschung für Salvo«, platzte es gleich aus ihr heraus.

Ennio zog die Augenbrauen hoch. »Eine Überraschung?«

»Eine Bootstour!«, erklärte sie freudig erregt. Sie war so gespannt auf Ennios Reaktion. Und sie fragte sich, ob er begriff, wie sehr diese Überraschung eigentlich ihm galt.

»Wirklich? Wann denn? Mit wem?«

»Ja, wirklich! Heute um vierzehn Uhr. Bei Lollo und Tino.«

»Bei wem bitte?«

»Lollo und Tino. Kennst du die nicht?«

Er lachte. »Noch nie gehört.«

»Das sind zwei Fischer. Ich habe sie am Hafen kennengelernt.«

Er schüttelte amüsiert den Kopf. »Sollen wir es Salvo gleich erzählen?«

»Besser nicht. Ich denke, eine Überraschung hat er sich verdient, oder?«

»Wenn du meinst. Ich vertraue dir.« Er nahm ihre Hand. Und sie verstand, was er damit sagen wollte. Sein Vertrauen ging über diese Geschichte mit Salvo hinaus.

»Ich bräuchte aber noch ein paar Kleinigkeiten. Damit die Überraschung perfekt wird.«

»Okay. Dann schieß los.«

Sie begannen zu planen. Er hielt ihre Hand. Und alles war gut.

• • •

Niklas war im Flieger so lange entspannt, bis der Landeanflug auf Neapel begann. Er hatte keine Flugangst, das nicht. Aber er hatte etwas gegen gewagte Landungen. Und über Neapel konnte der Flieger sich nur in einer gewagten Kurve senken. Er betete ja eher selten, in diesem Moment aber schickte er ein Stoßgebet in den Himmel. Konnte ja nicht schaden. Sein Magen rebellierte. Leicht nur. Aber immerhin so deutlich, dass er sich wünschte, nicht gefrühstückt zu haben.

»Schön, nicht?«, fragte seine Sitznachbarin, die gebannt aus dem Fenster geblickt hatte.

Ja, das Meer und der Vesuv und Blabla. Alles schön. Alles gut. Richtig schön fand Niklas aber nur, dass sie endlich sicher landeten.

Er wollte so schnell wie möglich raus aus dem Flugzeug. Als er dann aber draußen war, wollte er am liebsten wieder rein. Es war so heiß, dass er beinahe in die Knie ging. Innerhalb von Sekunden, so schien es ihm zumindest, sammelte sich Schweiß in seinem Rücken und lief ihm unangenehm in Bahnen bis zur Hose.

»*Fantastico*«, sagte er leise und sarkastisch zu sich selbst. Dann aber lenkte er seine Gedanken in Richtung Velia und die Situation erschien ihm bereits erträglicher.

Er fragte sich, ob er sie nicht besser angerufen hätte. Um ihr mitzuteilen, dass er sie besuchte. Nur war da jetzt so eine doofe Hemmschwelle, die, da war er sich sicher, nur durch persönlichen Kontakt überwunden werden konnte. Deshalb war er hier. Das durfte er nicht vergessen. Und den Ring. Den durfte er auch nicht vergessen. Bald schon würde er wissen, ob er ihn behalten, oder ihn Velia am Finger tragen würde. Seine Unentschlossenheit schob er auf die gesamte, verworrene Situation.

Verworren war hier in Neapel nämlich vieles. Der Verkehr. Die öffentlichen Verkehrsmittel. Er stieg einfach nicht durch. Deshalb entschloss er sich irgendwann dazu, ein Taxi zu nehmen, um zum Hafen zu gelangen.

Ein paar Minuten später bereute er seine Entscheidung bereits. Er, sein Taxifahrer und das wahrscheinlich älteste Taxi, das noch fuhr, steckten fest. Mitten in Neapel, unter sengender Hitze.

Niklas wusste schon, warum er hier nie herkam.

Es ist kalt. Die Sonne scheint nicht.
Ihre Sonne ist auf Capri.
Und da wird sie immer bleiben.

Kapitel 17

Salvo war aufgeregt. Wie ein kleiner Junge. Ennio hatte ihm nichts verraten, darum hatte Velia ihn gebeten. Dennoch schien der alte Mann bereits zu wissen, was ihn erwartete. Er sang in Capris Gassen, auf Capris Straßen, grüßte ausnahmslos alle Passanten, indem er seinen Strohhut vom Kopf hob und mit der freien Hand gestikulierte. Ennio schob ihn und fragte sich, warum er das nicht öfter machte ... mit Salvo durch Capri spazieren. Es machte den alten Mann glücklich. Es machte Ennio glücklich. Aber erst Velia hatte ihn darauf gebracht, wie einfach es sein konnte, glücklich zu sein.

In der Seilbahn, die gut gefüllt war, hielt Salvo ein kleines Privatkonzert für die Touristen, die ihm lächelnd zuhörten. Ganz sicher würden sie diesen Moment in eine wundervolle Erinnerung ihres Capri-Urlaubs verwandeln und ewig halten. Vielleicht sogar irgendwann irgendwem davon erzählen. Es machte Ennio stolz, der Stimme seines Großonkels zu lauschen. Gut, er traf nicht mehr alle Töne. Darauf kam es aber auch nicht an. Salvo vermittelte perfekt Capris Flair. Er war einfach ein alter Charmeur und Unterhalter.

»*Grazie, grazie!*« Salvo strahlte über das ganze Gesicht und nahm bescheiden den Applaus entgegen, als er sein Lied beendet hatte.

»Darf ich ein Foto mit Ihnen schießen?«, erkundigte sich eine junge Frau vorsichtig direkt bei Salvo.

»Mit mir? Nur zu!«

Salvo nahm den Hut ab, fuhr sich mit der Hand über den Kopf, um das schüttere Haar in Ordnung zu bringen und grinste so professionell ins Handy, dass Ennio nicht anders konnte, als selbst zu lachen.

Als sie ausstiegen, nahm er seinen Großonkel noch ein bisschen auf den Arm. »Du Herzensbrecher! So viel Erfolg bei Frauen hatte ich noch nie!«

Salvo lachte kehlig. »Falls du Nachhilfe brauchst, weißt du ja jetzt, an wen du dich wenden kannst.«

»Ich glaube, es ist der Hut, der dir so viel Erfolg bei den Frauen beschert.«

»Es ist nicht der Hut, *stupidino*. Es ist die Art, wie man den Hut trägt.«

»Wie trägt man ihn denn?«

»Ganz einfach: als hätte man ihn gar nicht auf.«

»Hm. Das bekomme ich hin.«

»Das bekommt man nicht so einfach hin. Das bedarf jahrelanger Übung.«

Inzwischen hatten sie den Hafen erreicht. Wie abgemacht, stellte sich Ennio mit Salvo unter einen Pavillon.

»Wo ist sie?«, erkundigte sich Salvo aufgeregt.

»Wer?« Noch immer tat Ennio, als wisse er von nichts.

»Hör auf, mir etwas vorzumachen. Wo ist Ingrid?«

»Welche Ingrid?«

Salvo rollte mit den Augen. Und auch das brachte Ennio zum Lachen. Er liebte diesen alten Narren so sehr. Und er wünschte sich, ein bisschen so zu werden wie er. So ironisch. So sarkastisch. Aber auch herzensgut und treu. So verdammt loyal und durch und durch ehrlich. Er legte einen Arm auf seine Schulter. Wollte ihm zeigen, dass er für ihn da war und immer sein würde.

Dann kam sie. Velia. Geführt von zwei Männern, Lollo und Tino, vermutlich die zwei Fischer. Sie hatten offensichtlich versucht, sich fein herauszuputzen. Es war ihnen ungefähr so gut gelungen, wie es einem Kleinkind gelingen könnte, sich als Erwachsener auszugeben. Trotzdem gefielen sie Ennio ausgesprochen gut mit ihren von der Sonne ge-

gerbten Gesichtern und den etwas zu langen Haaren. Sie hatten etwas von verwegenen Piraten. Aber sie sorgten dafür, dass Velia noch besser aussah. Wie eine Prinzessin. Das hatten sie so vereinbart. Und ganz Capri auf den Kopf gestellt, um die kleine Krone zu finden, die Velia jetzt trug.

Ennio war so sehr auf Velia konzentriert gewesen, dass er gar nicht mehr auf Salvo geachtet hatte. Jetzt aber blickte er in das Gesicht seines Großonkels. Es wunderte ihn nicht, dass die abgemagerten Wangen von Tränen genässt waren. Er reichte dem alten Mann ein Taschentuch. Und er wischte sich ab.

»Sie bringt mich immer wieder zum Weinen«, sagte er.

Und Ennio drückte aufmunternd die Schulter des Mannes. Auch er könnte Aufmunterung gebrauchen. Denn Velias Auftritt berührte ihn ebenfalls.

Die Fischer überreichten Velia nun offiziell an Salvo, der seine dünnen Hände hob und ihre nahm.

»Du siehst bezaubernd aus, Liebste!«

»Du aber auch, Salvatore.«

»Was hast du mit mir vor?«

»Ich werde dich entführen!«

»Nur zu. Ich warte schon mein ganzes Leben darauf, von dir entführt zu werden.«

»Dann lass uns losfahren.«

»Mit dem Boot?«

»Mit dem Boot!«

Salvo ließ ihre Hände los und fasste sich ans Herz. »So viel Glück auf einmal muss ich erst mal verarbeiten.«

Sie streichelte sanft über Salvos Wange. »Du bist mein Glück!«, verkündete sie und suchte dann Ennios Blick, der sich die Szene still angesehen hatte.

Er zwinkerte ihr zu und merkte, wie sie leicht errötete. Konnte eine Frau entzückender sein? Wohl kaum.

»Dann auf an Bord!«, forderte sie alle auf und nahm Salvos Hand.

Ennio schob seinen Großonkel und gemeinsam mit den Fischern hob er ihn mitsamt dem Rollstuhl an Bord. Nicht leicht, aber machbar. Während die Fischer an Bord Salvo so platzierten, dass er sicher sitzen konnte, nahm sich Ennio einen kurzen Augenblick mit Velia.

»Die Krone steht dir gut«, sagte er, obwohl die Krone wirklich das Letzte war, woran er gerade dachte.

»Nicht wahr?« Sie hob eine Hand, um an die winzige Krone zu fassen, die sie in einem Schreibwarenladen gefunden hatten, der auch ein paar Spielsachen verkaufte. Ja, die Krone war für kleine Mädchen gedacht, aber das wussten nur er und Velia. Ihr Geheimnis, sozusagen.

»Eine echte Prinzessin.«

»Du machst dich lustig. Salvatore aber sieht in mir eine echte Prinzessin.«

»Du bist es auch für mich. Eine Prinzessin, meine ich.«

»Ach ...« Sie wiegelte ab. Wurde leicht verlegen. Und er mochte das. Dass man ihr ansah, was sie fühlte.

»Danke. Für alles, was du tust.«

»Ich tue nur das, was mein Herz mir befielt!«

»Ingrid?«, hörten sie *zio* Salvo rufen. Und sie widmeten sich wieder voll und ganz ihm. Aber Ennio hatte den Eindruck, dass ihre Herzen noch immer miteinander sprachen.

An Bord gaben die Fischer ihr Bestes. Einer von beiden – Ennio hatte noch nicht raus, ob es sich um Lollo oder Tino handelte – steuerte das Boot mit größter Vorsicht aus dem Hafen heraus, Richtung offenes Meer. Der andere versorgte sie mit kleinen Snacks und Prosecco.

Ennio saß in erreichbarer Nähe. Es war aber Velia, die sich liebevoll um Salvo kümmerte. Sie half ihm beim Essen. Beim Trinken. Hielt seine Hand. Brachte ihn zum Lachen. Bewunderte mit ihm das Meer. Träumte mit ihm. Erinnerte sich mit ihm. Oder tat zumindest so.

Es war eine Freude, die beiden zu beobachten. Und Ennio verliebte sich jeden Augenblick mehr in diese einfühlsame junge Frau, die vom Schicksal in sein Leben katapultiert worden war. Wie eine Sternschnuppe, die unerwartet auf ihn gefallen war. Mit all seinen unausgesprochenen Wünschen in sich, die sie nach und nach erfüllte.

Er wusste nicht, wen oder was Salvo in Velia sah. Ingrid, ja, das wusste er inzwischen. Aber er war sich noch immer nicht sicher, ob es diese Frau jemals gegeben hatte. Ob der Großonkel sich da eventuell etwas zusammengereimt hatte. Eigentlich war es auch egal.

Ennio wusste aber, was *er* in Velia sah: die Frau seines Lebens.

Ja, das wusste er jetzt. Seine paranoiden Ängste hatte er über Bord geworfen. Egal, welche Zweifel er meinte in ihren Augen gelesen zu haben. Nichts dergleichen interessierte ihn noch. Wenn eine Frau so einfühlsam sein konnte, wie Velia gerade mit Salvo, dann konnte sie auch ihm nicht wehtun.

Die Fahrt war wundervoll, entspannend. Das Meer war ruhig, spiegelglatt. Trotzdem spritzten ihm ab und an kühle Tropfen auf die Haut. Das war herrlich erfrischend. Und machte Lust auf einen Kopfsprung direkt vom Boot ins tiefste Nass.

Ihr Ziel waren die Faraglioni Felsen, eigentlich das exklusivste Stück Meer Italiens. Und als das Boot an den beeindruckenden Steingebilden hielt und verankert wurde, beschloss er, es tatsächlich zu wagen. Er hatte eine Badehose unter der Hose an. Warum also nicht? Hier war er noch nicht oft geschwommen.

Er besprach das mit den Fischern. Velia war mit Salvo beschäftigt.

Er begann spontan gleich an Deck seine Hose auszuziehen. Dann sein T-Shirt. Und dann begann er ihren Blick zu spüren. Er musste schlucken, drehte sich aber nicht zu ihr um. Legte sein T-Shirt langsam auf seine Hose. Die Sonne brannte auf seinen Rücken. Ihr Blick hatte fast die gleiche Intensität. Eigentlich fast nackt, bis auf die Badehose, stand er am Rand des Bootes. Ihm war bewusst, dass sie ihn dabei ansah.

Das war aufregend. Prickelnd.

Ihm blieb nichts weiter zu tun, als tief Luft zu holen, um den Sprung zu wagen. Ins Wasser, irgendwie aber auch ins Leben. Wo er sich die nötige Abkühlung holte. Er fiel, fiel, fiel. Immer tiefer. Seltsamerweise empfand er den Fall aber wie ein Emporsteigen in die Lüfte. Wie Fliegen. Nur in eine andere Richtung.

Er dachte an den englischen Begriff *falling in love* und empfand ihn in diesem Augenblick als so treffend wie nie zuvor. Er nahm diesen Gedanken mit in die Tiefen, wo keine Zweifel Platz hatten. Nur Wasser, Blubbern, Fische und er. Ennio. Ein Mann mit tausend Schwächen, reinem Herzen und großer, großer Lust, der jungen Frau, die an der Oberfläche vermutlich auf ihn wartete, all das zu geben, was in ihm steckte. Und das war eine ganze Menge.

Der Sauerstoff wurde knapp, er ließ sich sanft wieder an die Oberfläche gleiten.

Das Erste, was er hörte, war Salvos krächzende Stimme: »Komm da raus. Du hast doch erst was gegessen. Das ist gefährlich, *stupidino!*«

Er musste lachen, schluckte dabei nicht wenig Wasser. Manche Dinge änderten sich eben nie.

Auf der Rückfahrt schlief Salvo ein.

»Habe ich ihn gelangweilt?«, erkundigte sich Velia sorgenvoll bei Ennio.

Ennio genoss die Fahrt, ließ sich von der Sonne abtrocknen, spürte, wie sein Haar wellig und wild seine natürlichste Form annahm.

»Er ist einfach nur müde, keine Sorge.«

Trotzdem lief Velia besorgt auf und ab. Zwischen ihm und Salvo hin und her. Sie prüfte, ob der alte Mann auch genug Schatten hatte. Ob er schwitzte. Ob er atmete.

Irgendwann klopfte Ennio auf sein Bein.

»Was?«

»Komm her. Setz dich«, forderte er sie auf. Rau und direkt, weil er sich nicht mehr in der Lage sah, seine Gefühle für sie zu verstecken.

Sie näherte sich ihm vorsichtig und aufmerksam.

Er klopfte wieder auf sein Bein.

Sie blickte sich um, schien unsicher zu sein, ob sie es tatsächlich wagen sollte. Vielleicht suchte sie aber auch nur einen Platz, der nicht sein Bein war, um sich zu setzen.

»Hast du Angst vor mir?«

»Nein. Aber du machst mein schönes Kleid nass, wenn ich mich bei dir auf den Schoß setze ...«, gab sie sich witzig.

Und er lachte auch. Sie schaffte oft, ihn zum Lachen zu bringen. Lachen war so schön. Das wurde ihm gerade wieder bewusst. Eigentlich sollte man im Leben viel öfter lachen.

»Ich bin schon wieder trocken.«

»Du vielleicht. Aber deine Badehose nicht.«

»Du willst dich auf meine Badehose setzen?«, tat er entrüstet.

Sie rollte mit den Augen und ließ sich auf ihn plumpsen.

»Au!«

»Du hast es nicht anders gewollt!«

»Du doch auch nicht ...«

Sie nickte. Ganz langsam. »Das stimmt!«, gab sie zu und machte es sich endlich richtig bequem. Auf seinem Schoß. Sie drehte ihre Beine ganz nach links, über seine, und schmiegte sich an seine Brust, auf die sie eine Hand legte.

Eine Zeit lang sagten sie nichts. Er massierte ihren Nacken, sie atmete nur. Das Meer, der Himmel, die Sonne, Capris schönste Schauplätze hatten sich scheinbar etwas zurückgezogen und ihnen ihre Schönheit kurz ausgeliehen. Denn sie waren schön zusammen. Das sah er nicht. Das fühlte er.

»Danke«, flüsterte er ihr ins Ohr.

Sie blickte zu ihm auf. »Wofür?«

Er nahm ihr Gesicht in seine Hände. Ihm fielen spontan tausend Gründe ein. Er nannte aber nur die wichtigsten: »Dafür, dass du Freude in mein Leben bringst. Dafür, dass du Salvo glücklich machst. Dafür, dass du so wundervoll bist.«

Sie blinzelte. Als hätte er ihr in die Augen gepustet.

Er fand diese winzige Geste so reizend, dass sich sein ganzes Gesicht zu einem Lächeln verzog.

»Du bist wundervoll«, sagte sie leise und schaute auf seine Lippen. »Und schön!«

»Zwei Komplimente auf einmal. So viel Aufmerksamkeit könnte mir zu Kopf steigen.«

»Du weißt nicht, wie wundervoll und schön du bist, oder?« Sie begann zart seinen Arm zu streicheln. Auf seinem Schoß. Seine Augen schlossen sich ganz von selbst. Als müsste er zeitgleich zu viele Eindrücke verarbeiten. Er lehnte den Kopf zurück. Sie strich ihm immer wieder das Haar aus der Stirn. Aber der Fahrtwind zerzauste es dann gleich. Von schön konnte vermutlich gerade wirklich nicht die Rede sein, überlegte er.

Sie schmiegte sich wieder an ihn. Und sie fühlte sich noch angenehmer auf seiner Haut an als die warmen Sonnenstrahlen.

»Können wir bitte die Zeit anhalten und ewig so bleiben?«

Er hörte ihre Stimme nur schwach.

»Ich kann die Zeit nicht anhalten, liebste Velia. Aber ich kann dir viele schöne Momente schenken. So viele du willst.«

»Das hört sich verlockend an.« Sie spielte wieder mit seinem Haar.

Daran könnte er sich gewöhnen. An ihren Duft. An ihre Haut.

An sie.

Sie legte einen Finger auf seine Unterlippe. Zeichnete dann die Kontur nach. »Ich mag deinen Mund.«

»Ja?«

»Mhm.« Sie nickte. Ihr Blick blieb aber an seinem Mund haften.

Ihr Blick sorgte auch dafür, dass sein Atem plötzlich schneller ging. Ganz automatisch, wie ferngesteuert, hob er ihr Kinn etwas mit dem Finger an. Er spürte freudige und gleichzeitig feurige Erwartung. Er spürte sie überall. Bis in die Haarspitzen. Dann endlich legte er seine Lippen auf ihre. Küsste sie erst sanft und unschuldig auf ihren süßen Mund, der so weich und verlockend war wie eine verbotene Frucht.

Sie legte ihre Arme um seinen Nacken und zog ihn noch fester an sich. Er wurde leidenschaftlicher. Hörte wie sie leise und wohlige Laute von sich gab. Er glaubte, den Himmel zu berühren.

Er trennte sich nur widerwillig von ihr, aber sie fuhren im Hafen ein. Also tat er es. Sie hielt sich noch immer an ihm fest. Augen geschlossen. Die Unterlippe vorgeschoben, wie ein trotziges Kind.

Er streichelte ihre Wange.

»Ich will nicht, dass es aufhört«, murrte sie.

»Es hört nicht auf. Wie machen nur eine Pause.«

»Na, gut«, sagte sie und stand auf, richtete ihr Krönchen.

Das Boot wurde langsamer. Er zog sich an. Sie sah nach Salvo, weckte ihn ganz sanft.

Das Leben konnte so verdammt perfekt sein.

Dass das Leben aber auch nur verdammt sein konnte, wurde ihm schlagartig bewusst, als sie wieder an Land waren.

Am Hafen rief nämlich ein groß gewachsener, blonder Mann überrascht und überraschend Velias Namen.

Es war nicht der Mann, der Ennio aus dem Konzept brachte.

Es war Velias Blick.

Sie will ihn besuchen.
Sie bittet, bettelt. Hat keine Würde mehr.
Ihr ganzes Leben hat sie gewartet. Auf einen besseren Moment.
Jetzt ist er gekommen, der Moment.
Sie will ihn sehen.
Und sie wird ihn sehen.

Kapitel 18

Fühlte man sich so, wenn man gegen eine Betonwand lief?, fragte Velia sich. Sie konnte ihren Augen nicht glauben. Das konnte doch nicht sein, nicht wirklich passieren. Nicht jetzt. Nicht mehr. Sie hatte die letzten Jahre damit verbracht, sich genau das zu wünschen. Doch inzwischen waren andere Wünsche erfüllt worden, von denen sie nicht gewusst hatte, sie überhaupt zu haben. Jetzt war alles anders. Jetzt war alles neu. Die letzten Jahre ausgelöscht.

Ja. Und nun stand sie da. Wie versteinert.

»Wer ist das?«

Sie hörte Ennios Frage. Sie konnte ihn aber nicht ansehen. Sie konnte gerade gar nichts. Ihre Fähigkeit zu denken und zu sprechen hatte sich zurückgezogen in Erwartung des Weltuntergangs.

»Das ist … das war … das ist …« Sie stotterte. Mehr war nicht drin.

»Das ist … das war … das ist … wer?« Ennios Stimme war nun einen Tick schärfer. Kaum hörbar. Für sie aber sehr deutlich.

»Velia!«, rief der große, blonde Mann erneut und winkte, während er auf sie zukam.

Niklas.

In Fleisch und Blut.

Auf Capri.

Fantastisch.

Perfektes Timing.

Perfekter Moment.

Perfekte Scheiße.

Die Zeit schien stillzustehen. Der Einzige, der sich bewegte, war Niklas. So nahm es Velia wahr. Ein paar Schritte noch und er würde sie erreichen.

Sie drehte den Kopf zu Ennio. Und er sah sie einfach nur an. Als wüsste er bereits alles. Sein Blick war nicht anklagend. Sein Blick war verletzt. Das brach ihr das Herz. Wirklich! Es brach ihr das Herz. Dass er verletzt war, verletzte sie. Wie ein Spiegelreflex.

Niklas.

Jetzt stand er vor ihr. Lächelnd. So spontan wie sie ihn noch nie erlebt hatte. Spontan genug, sie einfach zu umarmen.

»Ich kann nicht glauben, dass ich dich gleich hier am Hafen erwische! Ich bin gerade erst angekommen«, wunderte sich Niklas, als er wieder von ihr abließ.

Velia konnte noch immer nicht sprechen.

»Freust du dich?«, fragte er sie.

Aus ihrem Mund konnte keine Antwort kommen. Niemals. Vielleicht nie wieder?

»Hallo, ich bin Ennio.«

Dieser hatte zunächst still dabeigestanden und alles beobachtet. Jetzt stellte er sich einfach auf Englisch bei Niklas vor und streckte ihm die Hand entgegen.

»Oh. Hi. Ich bin Niklas. Velias Freund.« Er nahm erfreut Ennios Hand.

Velia musste die Augen schließen. Sie biss sich so fest auf die Lippe, dass sie glaubte, Blut zu schmecken.

Sie konnte sich vorstellen, was Ennio jetzt dachte. Sie spürte förmlich, wie er zerbrach. Wie alles, was zwischen ihnen war und hätte sein können, ihr für immer entglitt.

»Nimm dir den Abend frei. Kümmere dich um deinen Freund«, sagte Ennio tonlos, bevor er die Griffe von Salvos Rollstuhl nahm, um zu gehen.

»Nein. Das ... verstehst du falsch.« Sie hielt ihn am Arm fest.

Er hielt inne. Schaute auf ihre Hand. So lange, bis sie sie vorsichtig wegnahm.

»Ich möchte nichts hören, Velia. Kein einziges Wort.«

Sie hasste es, wie bitter seine Stimme klang. Sie hasste es, die Lippen, die sie ein paar Minuten zuvor erst geküsst hatte, jetzt beim wütenden Zittern beobachten zu müssen. Sie hasste alles an diesem Moment. Vor allem aber sich.

»Ich liebe ihn nicht«, versuchte sie zu erklären.

Er zuckte mit den Schultern. »Das ist nicht mehr wichtig.« Er ging weiter. Einfach weiter.

»Aber ...«, rief sie. Doch er drehte sich nicht um. Und sie war noch immer wie versteinert.

Aber, was? Wogegen wollte sie denn protestieren? Er hatte doch recht. Mit allem. Sie hätte vermutlich ebenso reagiert.

»Wohin gehen wir, Junge?« Sie hörte Salvos Stimme.

»Nach Hause.«

»Und Ingrid? Kommt sie nicht mit?«

»Sie kommt später. Will sich kurz frischmachen.«

»Ich liebe Ingrid«, verkündete der alte Mann.

»Ich weiß ...«, sagte Ennio.

Dann hörte sich nichts mehr, weil sie inzwischen zu weit weg waren.

Velia bedeckte ihr Gesicht mit beiden Händen. Was hatte sie getan? Sie hatte Ennio verloren.

»... und ich Blödmann hatte nichts begriffen ...« Das war jetzt Niklas, der die Szene eben natürlich gesehen hatte.

»Das verstehst du jetzt alles falsch, Niklas.« Genau das Gleiche hatte sie eben erst zu Ennio gesagt. Sie könnte kotzen, so sehr hasste sie sich im Moment selbst!

»Ja. Genau. Wie ironisch, wenn man bedenkt, dass ich gekommen war, um dir einen Heiratsantrag zu machen. Und jetzt muss ich wohl leider mit dir Schluss machen. So kann es kommen.« Er blickte betreten zu Boden.

»Es tut mir so leid ...« Das war schwach. Das wusste sie. Es tat ihr weh, ihn so zu sehen, ihn das alles sagen zu hören. Es tat weh, dass es nach so vielen Jahren aus war.

Wie schön und wie beschissen konnte das Leben fast gleichzeitig sein?

Sie nahm die Krone vom Kopf. Schöne Prinzessin ...

»Mach es gut, Velia ...« Niklas sah sie ganz lange an. Dann nickte er und ging.

Velia blieb stehen. Mit der Krone in der Hand. So lange, bis Lollo und Tino ihr sanft halfen, sich zu setzen.

• • •

Mariasole konnte nicht glauben, wirklich im *Quisisana* zu sitzen. Mit einem Musikproduzenten. Der auch noch offensichtliches und ganz konkretes Interesse an ihr als Sängerin zeigte.

Sie war natürlich viel zu früh und mit neuem Coco-Styling gekommen. Das Hotel kannte jeder, der auf Capri lebte. Aber nur von außen. Es war zu exklusiv für die Einheimischen. Trotzdem hatte sie mit Ennio ausgemacht, hier mal zu essen.

Doch jetzt war es anders gekommen. Jetzt war sie im Restaurant des Hauses Gast.

»Sollen wir uns gleich duzen?«, hatte Hendrik leger vorgeschlagen, als sie ihr Gespräch begonnen hatten.

»Natürlich. Sehr gerne!«

»Schön! Also, Mariasole, verzeih mir, wenn ich gleich mit der Tür ins Haus falle. Aber ich ziehe es immer vor, zuerst über Geschäftliches zu sprechen.«

»Das ist für mich gar kein Problem. Ich glaube ohnehin nicht, jetzt irgendetwas essen zu können.«

»Nervös?« Ihr Gegenüber lächelte sie aufmunternd und sehr offen an. Ein Ehering, den sie zuvor nicht bemerkt hatte, schmückte seinen Ringfinger. Sein Styling war für ihren Geschmack zwar etwas schleimig, aber sonst war Hendrik angenehm. Blaue Augen, graues Haar. Er war der typische Geschäftsmann mit teurem Anzug. Und das war ihr ganz recht. So glaubte sie, ihn besser einschätzen und einordnen zu können. Sie brauchte jetzt einfach ein paar Gewissheiten, um sich an Konkretem orientieren zu können und dabei hoffentlich ihre eigene Aufregung zu vergessen.

»Ja. Doch. Ein bisschen«, gab sie zu.

»Das brauchst du nicht sein. Du hast eine bombastische Stimme und ein Styling, das mich begeistert. Mehr braucht es nicht.«

»Um was geht es denn genau?«

»Konkret geht es um ein Weihnachtsalbum. Letztes Jahr hatten wir ein Album mit zwölf französischen Sängern – ein mega Erfolg. Und so dachten wir, dass dieses Jahr zwölf italienische Sänger in ihrer Muttersprache Weihnachtslieder singen könnten.«

»Traditionelle Weihnachtslieder?«

Er schüttelte den Kopf. »Nein. Meine Songwriter haben die Lieder geschrieben.«

»Ich hätte also *ein* Lied zu singen?«

»Ja.« Diese Antwort war etwas zögerlich gekommen.

»Aber?«

»Nun ja ... ich möchte dir nicht verheimlichen, dass wir immer versuchen, ein bis zwei Sänger der Weihnachtsalben zu fördern und mit weiteren Projekten zu beschäftigen. Das kommt immer ein bisschen auf das Feedback der Käufer an. Aber ich bin mir ziemlich sicher, dass es speziell in deinem Fall nicht bei einem Song bleiben wird.«

War das jetzt gut oder schlecht? Ihr schwirrte der Kopf.

»Das heißt, du bietest mir einen Vertrag an. Aber nur für das Weihnachtslied«, fasste sie zusammen.

»Genau. Wenn du möchtest, lasse ich deinem Manager zeitnah einen Vertrag zukommen.«

Manager. Dazu müsste sie einen haben.

»Wo würde denn das alles stattfinden?«

»Die Aufnahmen, meinst du?«

Sie nickte.

»Bei uns in München im Tonstudio. Ist das ein Problem für dich?«

Ja!

»Nein, nein. Ich frage nur.«

Alfio. Ihr Sohn. Ihre Priorität. Was würde mit ihm geschehen? Mit nach München? Für wie lange? Sie war ganz durcheinander.

»Was meinst du? Hast du Interesse?«

»Auf jeden Fall!«

»Dann lass uns drauf anstoßen!«

Er ließ Prosecco bringen.

»Auf deine neue Karriere!«, sprach er feierlich und ließ sein Glas gegen ihres stoßen.

Ja. Auf ihre Karriere.

Sie hatten noch gemeinsam zu Mittag gegessen. Sich besser kennengelernt. Ideen ausgetauscht. Sich alles in allem prächtig unterhalten.

Mariasole bedauerte es, als er Stunden später zum nächsten Termin musste und sich von ihr verabschiedete. In gewisser Hinsicht sprachen sie dieselbe Sprache. Sie liebten beide Musik. Nur war er auch in der Lage, Musik in Geld zu verwandeln. In gutes Geld, wollte Mariasole hoffen. Sie wollte nicht steinreich werden, aber von ihrer Musik leben – gut leben –, das schon. Um auf niemanden angewiesen zu sein.

Sie verließ das *Quisisana* mit seinem Versprechen, ihr noch im Laufe des Tages einen Vertrag zuzusenden, den sie sich unverbindlich ansehen sollte. Zusammen mit ihrem Manager, den sie nur leider nicht hatte. Aber sie hatte nicht den Mut gehabt, ihm das zu beichten.

Kaum war sie aus dem Hotel, nahm sie ihr Handy aus der Tasche. Spontan wollte sie Ennio anrufen, um ihm vom Treffen zu erzählen. Dann aber fiel ihr ein, dass er etwas von einer Bootstour erzählt hatte. Und dabei wollte sie nun wirklich nicht stören, aber vielleicht konnte sie am Hafen auf ihn warten, um ihm nach seinem Ausflug kurz vom Gespräch zu erzählen. Außerdem brauchte sie jetzt eine seiner Umarmungen – da nahm sie gerne einen etwas längeren Spaziergang in Kauf.

Also machte sie sich auf den Weg nach Marina Grande. Sie kaufte sich ein *granita al limone*, um sich etwas zu erfrischen. Weil man sie überall kannte, bekam sie das meiste ermäßigt. Einheimische zahlten immer weniger. Ja, es gab da Unterschiede. Die musste es geben, sonst wäre ein Leben auf der Insel für niemanden, der ein normales Einkommen hatte, möglich. Trotzdem war das so eine Sache, die Mariasole ungerecht fand. Zusammen mit noch einer Menge anderer Dinge. Natürlich war es ein Privileg auf Capri zu leben, aber es gab so vieles auf der Kehrseite der Medaille. Und sie hatte Angst, ihre Insel irgendwann für all die kleinen Dinge zu hassen. Und das wollte sie nicht. Deshalb musste sie weg. Weg von Capri. Sie war sich sicher, ihr Zuhause aus einiger Distanz wieder richtig zu lieben und zu schätzen.

Auch deshalb war Hendriks Angebot so verlockend. Aber sie konnte nicht mal eben ein paar Monate nach Deutschland. Sie hatte ein Kind.

Diese ganzen Gedanken und die sommerliche Hitze hatten sie ziemlich geschlaucht. Aus der Entfernung entdeckte sie einen Sitzplatz auf einer Bank. Da wollte sie sich hinsetzen und herausfinden, wo Ennio sich befand. Sie steuerte auf die Bank zu und erreichte sie zeitgleich mit einem Mann. Offenbar wollte auch er sich setzen.

Sie hob die Hände, ging einen Schritt zurück. Er hob die Hände, ging einen Schritt zurück.

»Du zuerst«, sagte er auf Englisch und wirkte dabei etwas müde.

So müde, dass Mariasole wahrlich nicht auf den Sitzplatz bestehen konnte.

»Nein, nein. Schon gut. Der Platz gehört dir.«

Er schüttelte den Kopf. Und während er das tat, standen die Menschen, die die Bank besetzt hatten, auf, sodass sich für beide ein Sitzplatz ergab.

Sie ließ sich auf die Bank plumpsen. Er ebenso.

Sie streckte die Beine von sich. Er ebenso.

Sie schwiegen beide eine ganze Weile.

»Urlaub?«, fragte sie ihn irgendwann. Es fühlte sich gerade richtig gut an, einfach nur so auf das Meer zu sehen. Sie bemerkte die Menschenmengen kaum, die am Hafen herumschwirrten. Und es erschien ihr höflich, ein Gespräch mit ihrem Sitznachbarn zu halten.

»Ja und nein«, sagte er und fuhr sich über die Beine.

Mariasole schaute auf seine Hände, auf seine Beine. Dann auf seine Arme, auf sein Profil. Er sah gut aus, merkte sie überrascht. Nicht aufdringlich gut. Nicht auf den ersten Blick. Dennoch gut.

Ja und nein. Das hatte er gesagt.

Plötzlich machte sie dieses Ja und Nein neugierig.

»Bist du gerade erst angekommen oder fährst du schon wieder?« Er befand sich mit Gepäck am Hafen. Also musste es entweder die erste oder die zweite Option sein.

»Ja und nein« sagte er schon wieder. Er lachte. Und sie stimmte mit ein. »Tut mir leid. Ich bin wohl nicht sehr gesprächig. Ich bin gerade erst angekommen, um jemanden zu überraschen. Dann hat dieser Jemand mich überrascht. Nicht positiv. Also hänge ich jetzt hier und weiß gerade nicht, woran ich mich festhalten kann.«

»Oh.« Mariasole versuchte sich zu orientieren. Er tat ihr leid. Aber andererseits war das nicht ihr Bier, oder? Trotzdem. Dieser Fremde reizte sie auf unerklärliche Weise. »Das heißt, du kennst noch gar nichts von Capri?«

»Nicht wirklich, nein.«

Hm. Entweder sie sprang jetzt über ihren eigenen Schatten, oder sie beendete das Gespräch.

Tief in sich verspürte Mariasole den Drang, heute etwas Ungewöhnliches zu tun. Sie hatte ein tolles Jobangebot bekommen. Sie war glücklich, wenn auch etwas verwirrt. Was, wenn sie dieses Glück mit diesem Fremden teilte? Vielleicht reichte es für beide …

»Komm, ich lade dich zu einem Getränk ein!«, sagte sie und stand auf.

Er blickte überrascht zu ihr auf. Schien sie erst jetzt richtig zu sehen. Er zögerte kurz. Dann nickte er. Stand auch auf. »Ja. Warum nicht?«

Und Mariasole ließ sich einfach mal fallen.

Als sie Mariasoles Lieblingscafé erreichten, wusste sie, dass der Fremde Niklas hieß und aus Deutschland kam.

Sie setzten sich an einen Tisch im Schatten. Sie bestellte für beide einen *Scala Fenicia* – Weißwein aus Capri.

»Du trinkst doch Wein?«, erkundigte sie sich, als der Kellner das kühle Getränk bereits brachte.

»Eigentlich nicht«, gab er lachend zu. »Aber heute ist sowieso nichts wie es sein sollte. Da macht ein bisschen Weißwein auch keinen Unterschied mehr.«

»Magst du erzählen?«

Er seufzte, zog die Schultern hoch. Dann nahm er ein Schächtelchen aus der Hosentasche und stellte es auf dem Tisch ab. »Ich bin gekommen, um meiner Freundin einen Heiratsantrag zu machen.«

»Hat sie Nein gesagt?«

»Ich habe sie nicht gefragt.«

Sie lehnte sich im Stuhl zurück und blickte den fremden Blonden forschend an. Dass er gut aussah, hatte sie inzwischen begriffen. Dass ihr Herz bei seinem Anblick anfangen würde, Zumba zu tanzen, kam für sie jedoch vollkommen überraschend.

»Schade um den Ring«, fand sie.

Er machte eine wegwerfende Handbewegung und trank einen Schluck. Der Wein schmeckte ihm nicht, merkte Mariasole amüsiert.

»Es ist nur ein Ring.«

»Darf ich mal sehen?«

Statt einer Antwort schob er die Schachtel in ihre Richtung.

Vorsichtig nahm und öffnete sie sie. Ein sehr schlichter Ring kam zum Vorschein. Weißgold, vermutete sie. Sie mochte die winzigen Brillanten rundherum sehr. Insgesamt war der Schmuck so sehr nach ihrem Geschmack, dass sie es plötzlich sehr bedauerte, nicht diejenige zu sein, für die er gekauft worden war.

»Er ist unbeschreiblich schön«, flüsterte sie.

»Ja?«

Sie nickte.

»Nimm ihn. Er gehört dir.«

»Was?«

»Ja. Ich habe keine Verwendung mehr dafür.«

Sie war sich nicht sicher, ob er sich einen Spaß erlaubte. Also gab sie sich vor lauter Unsicherheit selber witzig. »Also, wenn ich ihn schon nehmen darf, dann aber nicht ohne Heiratsantrag.«

Er stand theatralisch auf. Ging vor ihr in die Knie. Nahm den Ring, dann ihre Hand. »Mariasole, du wunderschöne, verrückte Frau, die es geschafft hat, dass ich mich in Capri verlieben könnte – und, nicht zu vergessen, dass ich Weißwein trinke – willst du meine Frau werden?«

Ihr Lachen blieb ihr im Hals stecken. Denn sie wurde sich der Situation bewusst. Es war gespielt, okay, aber ... das war ein Heiratsantrag. Diese Gesten waren für sie heilig. Unantastbar. Es war gespielt, aber ... ihr Herz veranstaltete wilde Tänze, Sprünge und Rennen. Und sie kam gar nicht mehr mit, gar nicht mehr nach. »Ja«, hauchte sie und vergaß dabei alles außer den Mann, der vor ihr kniete.

Niklas steckte ihr den Ring an den Finger.

Wenn der Ring zu groß gewesen wäre. Oder zu klein. Dann ... ja, dann hätte sie vielleicht endlich gelacht. Doch, wie konnte sie lachen, wenn der Ring so perfekt passte? Und an ihrem Ringfinger funkelte. Wie konnte sie lachen, wenn sogar die Sonne wohlwollend auf sie herabschaute?

Er stand ächzend auf, nahm sein Glas, hob es. »Kommt jetzt nicht der Toast mit anschließendem Kuss?«, fragte er sie augenzwinkernd.

Mariasole hatte kurz eine außerkörperliche Erfahrung. Sie sah sich selbst in ihrem Lieblingscafé sitzen. Mitten auf ihrer Insel. Unter Capris Sonne. Mit gigantischen Farben überall um sie herum. Mit verträumten Passanten, die einen verstohlenen Blick auf sie wagten. Mit einem Mann, der es ihr angetan hatte. Mit einem Mann, der ihr Herz nach so langer Zeit wieder zum Schlagen brachte. Als wäre es sich bewusst, dass *amore* in der Luft schwebte.

Sie konnte sich keinen perfekteren Moment vorstellen.

Deshalb hob sie das Glas, stieß mit ihm an. Und ließ es zu, dass er seine Lippen vorsichtig auf ihre legte.

Er schmeckte nach Wein. Er schmeckte nach Hoffnung.

»Willkommen auf meiner Insel«, sagte sie feierlich.

Und er ... er küsste sie einfach noch mal.

Und dann noch mal.

»Salvatore?«

Er dreht sich um. »Ingrid? Bist du das?«

»Oh, Salvatore, ja, ich bin es!« Sie läuft auf ihn zu, leicht wie eine Feder. Bleibt vor ihm stehen.

Er sieht sie an. Als wäre sie das Schönste auf der Welt.

Sie finden die Worte nicht.

Die braucht es aber auch gar nicht.

Denn sie sind zusammen.

Jetzt sind sie zusammen.

Für immer.

Per sempre.

Kapitel 19

Verrückt.

Das war alles verrückt.

Niklas. Der Ring. Der Antrag. Und: Hendriks Angebot.

Mariasole musste unbedingt zu Ennio, ihm alles erzählen. Vor allem, dass sie später ein Date mit ihrem Verlobten haben würde. Haha. Das klang so, so witzig. Und doch so, so ernst.

Niklas.

Den hatte sie eben bei einem guten Freund abgeliefert, der, nicht ganz offiziell, Zimmer vermietete. Niklas war etwas angeheitert gewesen – nach mehreren Gläsern *vino bianco*. Und natürlich war das alles nur ein Spiel. Sie sah sich jetzt nicht mit Niklas – einem Fremden – in weißem Kleid am Altar stehen. Das nicht. Aber ... durfte sie mal einfach nur träumen? Ganz konkret und real würde sie ihn schon bald zum Essen abholen. Dann würde sie ihm den Ring zurückgeben und das Spiel beenden. Vielleicht würde sie irgendwann, nach vielen Jahren, Alfio oder Alfios Kindern von diesem verrückten Nachmittag erzählen. Das machte man doch so, oder?

Mariasole hatte inzwischen Ennios Laden erreicht.

Dass irgendetwas nicht stimmte, merkte sie sofort. Der Laden war nämlich geschlossen. Das hatte es, soweit sie denken konnte, noch nie gegeben. Noch nicht mal, als er damals mit seiner Freundin Schluss gemacht hatte.

Mariasole spürte, wie ihr Magen sich unangenehm zusammenzog.

Sofort griff sie nach ihrem Handy, wählte seine Nummer. Zeitgleich klingelte sie bei ihm oben Sturm.

Ans Handy ging er nicht.

Aber Franca blickte aus dem Fenster.

»Mariasole! Komm kurz hoch, ja?«

Das tat sie. Und Franca wartete bereits an der Tür.

»Hast du Ennio gesehen?«, fragte die Haushälterin.

»Das wollte ich dich auch gerade fragen …«

»Er hat Salvo hier abgeliefert und ist dann gleich weg. Er sah so wütend aus.«

»Hast du denn bei Velia nachgefragt?«

»Sie geht nicht ans Handy und Salvo mag ich nicht mit meinem Mann allein lassen.«

Irgendetwas war passiert. Wahrscheinlich zwischen Ennio und Velia. Nur, was? Mariasole war ratlos. »Ich sehe mal, ob Velia zu Hause ist, ja?«, schlug sie vor.

Nein, war sie nicht.

Mariasole fasste zusammen. Ennio und Velia waren mit Salvo auf einer Bootstour gewesen. Irgendetwas hatte Ennio sauer gemacht, sodass er nur mit Salvo nach Hause gekommen war. Dann war er verschwunden. Auch Velia war unauffindbar.

Nein. Moment. Mariasole hörte Geräusche aus Francas Haus, wo Velia wohnte.

Sie klingelte erneut. Hörte auch nicht auf, bis Velia die Tür aufriss.

Velia bat sie nicht herein, schloss die Tür aber auch nicht. Deshalb schob Mariasole sie beiseite und betrat das Haus.

Im Flur standen Reisetaschen.

Mariasole hatte Mühe mitzukommen.

Aber klar war, dass Velia offensichtlich abreisen wollte.

»Was zum Teufel ist hier los?«

Velia raufte sich sprichwörtlich die Haare. »Ich habe Mist gebaut!«

»Und wo ist Ennio überhaupt?«

»Wieso? Ist er nicht im Laden?«

Mariasole schüttelte den Kopf. Und Velia raufte sich wieder die Haare. Auf die Stirn schlug sie sich auch. Wiederholt.

»Jetzt komm mal kurz zur Ruhe und erzähl!«

Zur Ruhe kam Velia nicht. Aber sie erzählte. Mariasole hörte konzentriert zu. Hielt erst inne, als der Name Niklas fiel.

Niklas.

Sie schaute auf den Ring.

Und fand, dass das Schicksal manchmal mächtig seltsam war.

»Also, in einer Hinsicht kann ich dich schon mal beruhigen: Niklas geht es gut«, berichtete sie. »Und du brauchst dir deshalb keine Sorgen um ihn zu machen, weil ich jetzt mit ihm verlobt bin.« Sie zeigte wie zum Beweis den Ring.

Velia fiel die Kinnlade runter. »Was?«

Jetzt erklärte sie, wie sie Niklas kennengelernt hatte und was dann passiert war. Vor allem erklärte sie, dass die Verlobung natürlich nur ein Gag war. Sie erklärte Velia alles. Nur über den Kuss sprach sie nicht. Der tat ja nichts zur Sache ...

Velia setzte sich. »Das ist ein bisschen viel auf einmal, oder?«

»Ja ...«

»Ich muss jetzt jedenfalls gehen«, verkündete Velia und stand gleich wieder auf.

»Nein. Du erklärst Ennio in aller Ruhe alles. Das wird schon wieder.«

Velia schüttelte den Kopf. »Du verstehst nicht. Er wird mir niemals verzeihen. Deshalb muss ich zurück nach Hause.« Sie schnappte sich ihre Sachen und ging zur Tür hinaus.

Mariasole blieb nichts anderes übrig, als ihr zu folgen. Das hieß aber nicht, dass sie auf dem Weg zum Hafen nicht noch versuchen konnte, sie umzustimmen.

Das brauchte sie am Ende aber gar nicht.

Denn als sie sich dem Laden näherten, an dem Velia wohl oder übel vorbeigehen musste, um zum Hafen zu gelangen, erlitten sie beide den Schock ihres Lebens. Vor Ennios Haustüre stand ein Krankenwagen.

»Großer Gott …«, stammelte sie. Und dann rannte sie los.

• • •

Dass es eines Tages passieren würde, das hatte Ennio gewusst. Wie jeder wusste, dass man sich an einem gewissen Punkt des Lebens von geliebten Menschen verabschieden musste. Trotzdem traf es ihn unerwartet. Und es zog ihm sprichwörtlich den Boden unter den Füßen weg.

Nach dem Bootsausflug hatte er Salvo zu Hause abgeliefert. Dann aber war er sofort gegangen. Irgendwohin. Nirgendwohin. Er war einfach nur gegangen. Durch Capris Gassen. Ohne Ziel. Mit tausend widersprüchlichen Gedanken.

Er hatte sich auch in Velia getäuscht.

Das tat weh. Das musste er verarbeiten.

Nach Kilometern, nach Stunden, nach Minuten oder nach Sekunden war er dann wieder nach Hause gegangen. Edmondo hatte ihn abgefangen.

Mit *dem* Gesichtsausdruck.

Ennio kannte *den* Gesichtsausdruck.

Und die Welt hob sich an diesem vermaledeiten Tag noch weiter aus ihren Angeln.

Wenn das Leben den Körper verließ, dann sah man das sofort. Plötzlich verwandelte sich ein Mensch, den man unendlich geliebt hatte, in eine leere Hülle. In eine Hülle, die man aber trotzdem nicht gehen lassen wollte. Doch was passierte mit der Liebe? Mit der Zuneigung?

Die blieb.

Die starb nicht.

Und die machte zum ersten Mal alles schwieriger. Denn sie blieb. Und sie musste sich neu arrangieren. Neue Wege finden.

Ennio ging wie in Trance zu Salvos Bett. Der alte Mann, die Hülle, erschien ihm in diesem Moment noch zierlicher, noch dünner als sonst.

»Er ist einfach eingeschlafen. Ganz friedlich«, hörte er Edmondo sagen.

Ja. Eingeschlafen.

Für immer.

Franca hatte das Zimmer betreten. Das spürte Ennio mehr als dass er es wusste. Sie schluchzte. Unentwegt. Und schmiegte sich an Ennio. Als bräuchte sie seine Unterstützung, seine Kraft. Das war fast tragisch komisch. Denn noch nie in seinem Leben hatte *er ihre* Kraft mehr gebraucht.

Endlich schaffte Ennio es, Salvo ins Gesicht zu sehen.

Und das einzige Adjektiv, das ihm einfiel, um den Ausdruck darauf zu beschreiben war: glücklich.

»Ich habe den Krankenwagen gerufen ...«, erklärte Franca.

Er nickte.

»Es tut mir so leid.«

Wieder nickte er. Was konnte er schon sagen?

Zio Salvo, der alte Schuft, war einfach so gegangen ...

Ennio musste sich setzen. Sich daran erinnern zu atmen.

Ein. Aus. Ein. Aus.

Dann kamen die Sanitäter. Dann kam der Arzt.

Beileidsbekundungen.

Der alte Schuft ...

Ennio hörte wieder Schritte. Aufgeregte, schnelle, unsichere Schritte. Und seine Sandalen. *Klack, klack.*

Nicht Velia.

Nicht jetzt.

Wo er keine Barriere, keinen Schutz gegen sie hatte.

Nicht jetzt.

Klack. Klack.

»Salvatore ...«, hörte er sie sagen. Sie warf sich auf den alten Mann. Ohne Hemmung. Ohne Scheu. Und dann begann sie haltlos zu weinen.

Und er musste gehen.

»Trink was«, bot Mariasole ihm an, nachdem sie ihn im Flur abgefangen und in die Küche geführt hatte.

Er sah sie einfach nur an. Wie konnte sie ihm das anbieten? Sie musste doch wissen, dass er jetzt keinen Schluck herunterbringen würde.

»Tut mir leid. Das sagt man doch so.«

»Schon gut. Ich bin …«

»Ja. Ich weiß.« Mariasole legte eine Hand über seine.

Dann betrat Velia die Küche. Vorsichtig. Respektvoll.

Sie sah so unendlich traurig aus, dass Ennio wegsehen musste. Das machte ihn wütend. Sie hatte Salvo doch kaum gekannt! Sie hatte nicht das Recht dazu, um ihn zu trauern.

Dann aber merkte er, dass seine Wut sich nur so heftig regte, weil er es in diesem Moment nicht packte, sich mit seinen echten Gefühlen auseinanderzusetzen.

»Mein Beileid«, sagte sie mit tränenerstickter Stimme.

Und er bewunderte ihren Mut. Ganz ehrlich. Sie war stark. Wie stark, das merkte er erst jetzt. Sie war stark. Und auf jeden Fall stärker als er. Mutiger. Das auch. Obwohl er wusste, dass sie nicht ehrlich zu ihm gewesen war, war sie hier. Obwohl sie sich sicherlich vorstellen konnte, wie wenig er sie jetzt sehen wollte, stand sie dennoch vor ihm.

Er nickte. Dann sah er die Szene von zuvor am Hafen wieder vor seinem inneren Auge und stand auf. Ging auf den Balkon.

Er stützte sich am Geländer ab. Atmete. Sog den Geruch nach Meer, nach Sommer und nach Sorglosigkeit tief ein.

Wo war sie, seine Sorglosigkeit?

Wann hatte er sich davon getrennt?

Das Meer erstreckte sich vor ihm. Weit, wie immer. Er atmete. Mehr war nicht drin. Nicht in diesem Moment.

Klack.

Klack.

Klack. Klack.

Nein. Er blickte nicht auf. Er blickte zu Boden.

Sah auf ihre Füße. In seinen Sandalen.

Sie hatte sie an.

Noch immer.

Trotzdem.

»Ich ...«, setzte sie leise an.

Und er war sich nicht sicher. Wollte er mehr hören? Oder besser nicht?

»Ich ... es tut mir leid. Ich wollte dich nicht verletzen«, sagte sie.

»Schon gut. Es war ja nichts. Zwischen uns. Da war nichts.«

Endlich sah er sie an.

Sie zuckte wortwörtlich zusammen. Als hätte er die Hand gegen sie gehoben. Ja, sie geschlagen.

Er hasste sich ein bisschen dafür, weil er sie absichtlich hatte verletzen wollen. Nun, es war ihm offenbar gelungen.

Gut!

Gut?

Nein. Kein bisschen. Es konnte nicht gut sein.

Er wollte, dass sie ging, weil er sich nicht länger hinter seiner vorgetäuschten Härte verstecken konnte.

»Es ...«, sie schaute auf ihre Uhr. »Also, meine Fähre geht in zwanzig Minuten.«

»Gut. Wenn du kurz wartest, dann gebe ich dir dein Gehalt. Für den ganzen Monat.«

»Was ... warum verletzt du mich so sehr?«, fragte sie spontan und entrüstet. Sie sah ihm direkt ins Gesicht.

»Weil du mir wehgetan hast? Und ich hatte es dir gesagt, ich hatte dich darum gebeten, ehrlich zu mir zu sein! Nur das. Ich hatte dich darum gebeten.« Er fuhr sich durchs Haar.

»Es tut mir leid. Es war nicht meine Absicht. Ich hätte dir von Niklas erzählen sollen ...«

»Ja. Zum Beispiel.«

»Ja. Sag ich doch! Ich hätte dir von ihm erzählen sollen. Aber ich habe es nicht getan, weil ... weil Menschen auch Fehler begehen können. Manchmal tun sie es aus Angst. Manchmal aber auch einfach aus Sorglosigkeit. Ich war so verdammt glücklich, so verdammt ... verliebt in dich, dass mir der ganze Rest total egal war. Ich dachte, nichts und niemand kann mich in meiner Glücksblase erreichen. Verstehst du?«

Seine Konzentration galt dem mittleren Teil ihrer Rede. Verliebt in dich.

Das hatte sie gesagt.

Mutig.

»Velia, du hast einen Freund. Wie soll ich mir das denn bitte schönreden?«

»Hatte.«

»Hm?«

»Ich hatte einen Freund. Den ich um eine Pause gebeten hatte.«

Ennio war plötzlich unendlich müde. Keine zehn Meter von ihm entfernt lag sein Großonkel, sein geliebter *zio* Salvo, der so liebevolle, verwirrte, unendlich gute alte Schuft tot in seinem Bett. Mit dem glücklichsten Gesichtsausdruck, den Ennio jemals an ihm gesehen hatte.

Er konnte das jetzt nicht. Mit Velia streiten. Er konnte das jetzt nicht.

Er schüttelte den Kopf.

Sie nickte.

»Gut, dann ... danke ich dir für alles und, bitte, verzeih mir. Bitte.«

Sie streckte ihm die Hand entgegen. Mutig. Stolz. Und er bewunderte sie erneut.

Doch er konnte ihr die Hand nicht geben. Er konnte sie nicht berühren. Das schaffte er nicht.

Also ließ sie die Hand sinken. Sie sah ihn trotzdem an. Hielt seinen Blick. Dann drehte sie sich um.

Aber, die Bande, die sich zwischen ihnen entwickelt hatten, hielten trotzdem. Die Gefühle, seine Gefühle, drehten sich mit ihr, um sie herum. Wollten sie halten.

Noch bevor er es bewusst steuerte, hob er die Hand, packte Velia am Arm.

Sie hielt inne. Drehte sich ihm wieder zu. Schaute überrascht auf seine Hand an ihrem Arm. Dann sah sie ihn wieder an. Mutig. Immer wieder mutig. Die tapfere Velia.

»Bleib«, hörte er sich sagen. Rau. Fast flehend.

»Du möchtest ...«

»Ja. Ich möchte, dass du bleibst. Lass mich nicht allein. Nicht ... heute. Nicht ohne Salvo. Ich ... ich brauche dich. Bitte, bleib.«

All das, was sich in den letzten Stunden angestaut hatte, brach durch, quoll hervor, spülte ihn regelrecht weg. Er musste sich festhalten. An ihr. An Velia. Der starken, mutigen, tapferen Frau.

Sie warf ihre Arme um seinen Nacken. Sie sagte nichts. Hielt ihn nur. Und ihre Nähe machte, dass alles sofort erträglicher schien. Besser.

»Lass mich nicht allein«, bat er wieder. Und er schämte sich seiner Schwäche nicht.

Sie hielt ihn, bis er sich beruhigt hatte. Dann stellte sie sich mit ihm ans Geländer, wo er lange, sehr lange auf das Meer blickte, das wie üblich unter Capris Sonne glitzerte und funkelte.

Solange das Meer seinen Gezeiten folgte, war alles gut.

Alles gut.

Schweden weint um seine Königin

Friedlich und ihm Kreise ihrer liebsten Angehörigen ist Königin Ingrid gestern Nachmittag verstorben.
Die königliche Familie dankt, tief berührt, für die vielen Beileidsbekundungen.
»Ich habe meine Mutter verloren, aber Schweden verliert seine Königin. Sie ist und bleibt für uns alle unersetzlich. Dennoch werde ich versuchen, in ihrem Sinne weiter für unser Land da zu sein«, so der Kronprinz in einem Interview.
Das Datum der Beerdigung wird in Kürze bekannt gegeben.

Epilog

Der Bootsausflug jeden Sonntag mit Lollo und Tino war Tradition im Hause Marchetti geworden. Das hatten Ennio und Velia so eingeführt, dem alten Schuft zum Gedenken. Sie vermissten ihn beide sehr. Und die Fahrt auf offenem Meer machte es vor allem für Ennio leichter, mit dem Verlust umzugehen.

Lollo, der sich als *gentiluomo* entpuppt hatte, half ihr wie immer an Bord. Ennio folgte ihr. Das spürte sie. Wie sie ihn ständig und überall spürte. Das zwischen ihnen, das war unbeschreiblich. Jetzt erst wusste sie, was es bedeutete zu lieben und geliebt zu werden. Und sie tat es. Jeden Tag ein bisschen mehr.

Piera hatte sie neulich auf Capri besucht. »Du hast deinen Platz gefunden«, hatte sie gesagt. Und das entsprach so sehr der Wahrheit.

Ennio verstaute ihren Picknickkorb sicher und setzte sich zu ihr, legte ihr sofort einen Arm um die Schulter. Sie lächelte. Sie mussten sich immerzu berühren. Und das war schön. Wenn auch manchmal, wie zum Beispiel im Laden, kompliziert.

»An was denkst du, meine Schöne?«, wollte er wissen.

»An dich …«

Er lächelte und küsste sie.

Dann kündigte sein Handy eine eingegangene Nachricht an. Er blickte auf den Bildschirm. Grinste. Zeigte ihr die Nachricht.

Es war ein Foto. Velia sah näher hin. Sie erkannte, dass Mariasole, die mit ihrem Sohn Alfio zu sehen war, extrem glücklich aussah. Sie erkannte aber auch den Zaun, die Weide.

Niklas' Hof. Im Hintergrund.

Und das war gut. Sehr gut sogar.

»Festhalten!«, rief Tino, der praktisch veranlagte Fischer. »Es geht los!«

Velia lehnte sich an Ennio. An ihren Ennio.

Das Leben war wundervoll. Capri war wundervoll. Am wundervollsten aber war die Liebe. In all seinen Formen und Farben.

ENDE